Mes habitudes avec mon petit-ami vol.1

Hana COLLECTION

www.boys-loves.fr

Adaptation graphique : 3rd Studio
Maquette : Pierrick Gontero
Traduit du japonais par : Julie Minchin
Responsable Editorial & Production : Anthony Graci

Dépot légal : Juin 2015
ISBN 978-2-36877-451-9

Imprimé par GZ Digital Media as

Hana Yaoi
Un vent de romantisme et d'érotisme souffle sur La nouvelle collection Yaoi d'IDP
SORTIE LE 1ER JUILLET 2015
www.boys-loves.fr
10 DANCE VOL.1
de Satou Inoue
Volume 1 / 2 - 7,95 €
BLUE MORNING VOL.1
de Shoko Hidaka
Volume 1 / 5 - 7,95 €
MANKAI DARLING
de Kotetsuko Yamamoto
volume 1 / 2 - 7,95 €
MANKAI DARLING
de Kotetsuko Yamamoto
volume 2 / 2 - 7,95 €
DANS UN COIN DE CIEL NOCTURNE
de Nojico Hayakawa
Intégrale - 280 pages - 8,95 €
FAN
de Nase Yamato
Intégrale - 392 pages - 12,95 €
MES HABITUDES AVEC MON PETIT AMI VOL.1
de Sakurabi Hashigo
Volume 1 / 2 - 7,95 €
MES HABITUDES AVEC MON PETIT AMI VOL.2
de Sakurabi Hashigo
Volume 2 / 2 - 7,95 €
Hana COLLECTION

[1]
BOKURA NO NEGAI
KOTETSUKO YAMAMOTO
Hana COLLECTION
ÉDITION FRANÇAISE

BOKURA NO NEGAI

KOTETSUKO YAMAMOTO

Résumé :

À dix-neuf ans, Ryô hérite de trois frères suite au remariage de son père : Kentô, le plus âgé des trois, est un élève brillant et sérieux ; Hayato, le second, est un jeune homme calme et intransigeant ; quant à Masato, le petit dernier, c'est un garçon espiègle et très câlin. Bien qu'il soit à présent le nouveau patron du café que tenait sa belle-mère, le jeune homme n'en reste pas moins désorienté.
Mais on dirait bien que l'amour pointe le bout de son nez au cœur de cette famille recomposée !?

Voici le coup d'envoi d'une série romantique où les personnages évoluent sous un même toit ! Et si vous avez aimé Mankai Darling, une petite surprise vous attend dans cette série !

*Un manga de **Kotetsuko Yamamoto***
Série complète en 2 volumes
Genre : Comédie - Yaoi
208 pages . 7,95 €

SORTIE : SEPTEMBRE 2015

Dans un coin
de ciel nocturne
Hana
COLLECTION

Hana COLLECTION

Dans un coin de ciel nocturne

NOJICO HAYAKAWA

Avec Dans un coin de ciel nocturne, Nojico Hayakawa signe un manga plein de poésie et de subtilité, qui fait la part belle aux émotions ainsi qu'à la psychologie des personnages principaux et secondaires, et qui nous captive de la première à la dernière page. Une œuvre magnifique, à découvrir de toute urgence !

Résumé :

Hoshino est professeur à l'école primaire. Un jour, il retrouve Sudô, son sempai du club d'astronomie au lycée, d'un an plus vieux que lui, qu'il admirait profondément. Les deux hommes ne se sont pas vus depuis la remise des diplômes, onze ans auparavant, mais Hoshino découvre brutalement que l'un de ses élèves est le fils de Sudô.
Les retrouvailles s'annoncent tendues, surtout quand Sudô lui déclare «j'aurais préféré ne plus jamais te revoir...»

*Un manga de **Nojoco Hayakawa***
Genre : Drame - Romance - Yaoi - Drame
One-Shot
280 pages . 8,95 €

SHOKO HIDAKA
1
Blue Morning
YUUUTSU NA ASA
Hana
COLLECTION

10 DANCE
SATOU INOUE
1
Hana COLLECTION

Hana COLLECTION

10 DANCE

SATOU INOUE

Plongez dans l'univers si particulier de Satou Inoue et venez découvrir la fièvre d'une histoire d'amour s'écrivant en filigrane tantôt sur des rythmes latino effrénés tantôt sur la noble mélodie d'une Valse de Vienne ! Vous ne pourrez plus détourner les yeux de ce feu d'artifice de corps vigoureux et de regards enflammés !

Résumé :

Shinya Suzuki et Shinya Sugiki sont respectivement champions de danse latino-américaine et de danse standard. À l'initiative de Sugiki, ils s'enseignent mutuellement leurs spécialités pour tenter le « 10 Danses », compétition durant laquelle les athlètes s'affrontent sur 10 styles différents. Tout oppose ces deux danseurs de caractère et de nature foncièrement différents et dont le seul point commun est la ressemblance de leurs noms.
Mais leurs conflits permanents ne cachent-ils pas autre chose ?! Voici un 1er tome très attendu, authentique BL sur le thème de la danse qui repousse encore un plus les limites du genre !

Un manga de ***Satou Inoue***
Genre : Danse - Yaoi - Drame
192 pages . 7,95 €

Hashigo Sakurabi
Mes Habitudes avec mon petit ami
Toshishita kareshi no renai kanri heki
2
ÉDITION FRANÇAISE
Hana COLLECTION

Hana COLLECTION

Mes Habitudes avec mon petit ami

2

DÉJÀ DISPONIBLE

Enchantée de faire votre connaissance.
Je suis Hashigo Sakurabi et ceci est mon premier manga publié.

Jusqu'à maintenant, je n'avais jamais dessiné d'histoire
que j'avais moi-même créée.

À toutes les personnes qui m'ont aidée à réaliser ce projet, ma maison d'édition, mon responsable éditorial, les infographistes, mais aussi à vous qui tenez en ce moment-même ce manga entre vos mains...

Merci infiniment !!
Je suis au comble du bonheur !!

Je vais faire de mon mieux pour qu'on se revoit avec un prochain manga. Pour l'instant, je dois m'accrocher tous les jours pour m'améliorer mais continuez à m'encourager, s'il vous plaît.

Enfin... Je voulais vous dire que je suis vraiment désolée que cette postface ne soit pas un peu plus drôle. Mais je vous préparerai une petite blague sympa pour la prochaine fois, alors ne m'en voulez pas trop !!

Hashigo Sakurabi

HA
HA
TU VIENDRAS PAS...
TE PLAINDRE !!
AOUUH
PAF
PAF
BOM
BOM
BOM
BOM
SMOUUUIC
WOUAH
AH
GAH
AH
SÉRIEUX
T'ES TROP SEX.
MOUARF
JE TE DIS...
QUE C'EST À CAUSE DE TOI...
MOUARF
AAAH... IL M'A VIDÉ
MOI, J'Y PEUX RIEN...
BEAUCOUP TROP SEX.
PAS BESOIN DE LE RÉPÉTER...
TU SAIS...
JE PRENDRAI MES RESPONSABILITÉS AUTANT DE FOIS QU'IL LE FAUDRA.
POUR TOUJOURS...
OUI...
JE COMPTE SUR TOI...
END

SMACK
SMACK
GRATTE
TU SAIS, IZUMI-KUN…
TU ES SENSIBLE DU DOS.
BOBOM
AH… ATT…
GRAT
LES REINS AUSSI, NON ?
BOBOM
BOBOM
GRAT
AH !
FROTH
GRATTE
FROTH
BLUUSH
わあ
HN… HU HU ! ELLE A GROSSI, LÀ…
ESPÈCE …
DE…
GRAB
JE VAIS TE FAIRE MAL SI T'ARRÊTES PAS DE ME CHAUFFER…
POC
VAS-Y, TU PEUX…
PARCE QUE C'EST TA FAUTE SI JE SUIS DEVENU AUSSI SEXY.
IL FAUT ASSUMER JUSQU'AU BOUT…
MON MAÎTRE ADORÉ !
COMPRIS…

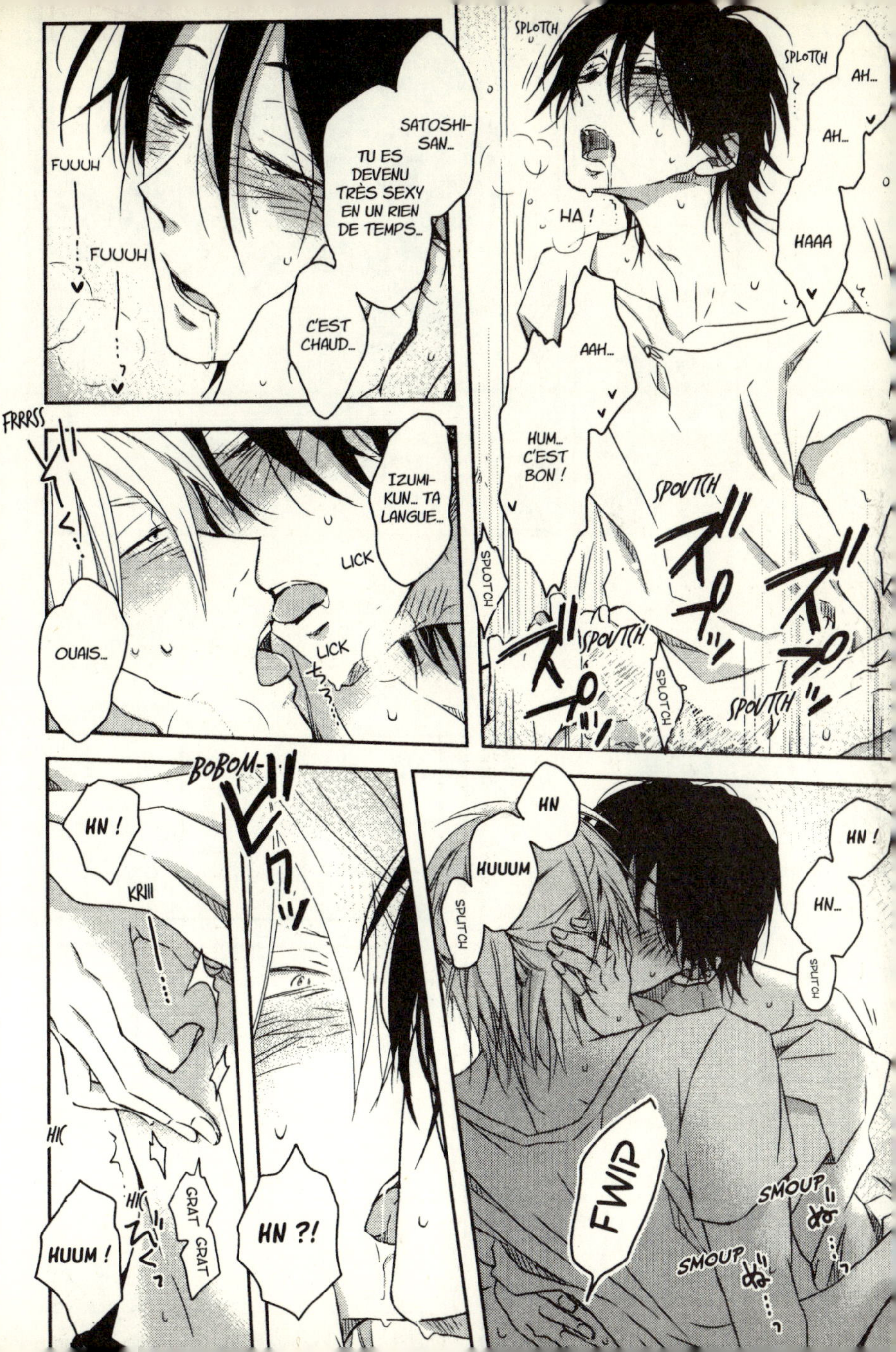
SPLOTCH
SPLOTCH
AH...
AH...
HA !
HAAA
AAH...
HUM... C'EST BON !
SPOUTCH
SPLOTCH
SPOUTCH
SPLOTCH
SPOUTCH
SATOSHI-SAN... TU ES DEVENU TRÈS SEXY EN UN RIEN DE TEMPS...
FUUUH
FUUUH
C'EST CHAUD...
FRRRSS
IZUMI-KUN... TA LANGUE...
LICK
LICK
OUAIS...
HN
HUUUM
SPUTCH
HN !
HN...
SPUTCH
FWIP
SMOUP
SMOUP
BOBOM-
HN !
KRIII
HIC
HIC
GRAT GRAT
HUUM !
HN ?!

FUUH
TU VAS PRENDRE...
TES RESPONSABILITÉS.
FUUH
AH...
OUI...
DÉSOLÉ...
HA...
SHUUUP
HAA
HAA
SHUUUP
HA
HA
HN...
C'EST.. FOU...
SMOUTCH
SMOUTCH
HA

HIC
HIC
NON...
FAUT... PAS.
NON ?
FRRSH
EH BIEN... PAS ICI...
FRRSH
FRRSH FRRSH
AH...
AH...
HN...
NON... VRAIMENT PAS...
T'AS RAISON.
BRR
HN...
QUUOI ?!
HA は...
HA は...
TOUT DE SUITE
GARE DE
GARE DE
J'AI PAS FAIT GAFFE.
J'ÉTAIS TROP À FOND...
PAF ぱっ
JE ME SUIS LAISSÉ EMPORTÉ. DÉSOLÉ.
GRAB
QUE ?
IZUMI-KUN
ON DESCEND À LA PROCHAINE...
MAIS...
ON VA PLUS LOIN...

HUUUM...
?
IZUMI...
KU...
FWIP
C'EST VRAI QUE C'EST PAS DRÔLE...
JE VEUX ÊTRE LE SEUL PERVERS DONT TU TE SOUVIENNES. OK ?
collé serré
QUE ?
EUUUH
PSST
HÉ... EUH...
IZUMI-KUN...
QUE... QU'EST-CE QUE TU AS ?
PSST
FWIP
FWIP
FWIP
FWIP
FRRSH
QUUOI ?!
NON... PAS ÇA...
ATT...
AH...

Jour X du mois X :
leurs déboires avec les pervers du train.
- Le cas Izumi X Satoshi -
SATOSHI-SAN
KATAKLAK
C'EST COMMENT… EN CE MOMENT ?
KATAKLAK
QUOI DONC ?
HUM… LES PERVERS.
PSST
sur ces gardes.
AAAH !
Huuum !
OUI… ÇA…
ÇA VA, JE CROIS.
Y A RIEN…
RIEN DE TROP GRAVE…

FWIP さわ
JE ME TROMPE ?
FWIP さわ
FWIP さわ
EN CE MOMENT-MÊME, UN DES TIENS EST EN TRAIN DE ME MALAXER VIOLEMMENT LE DERRIÈRE.
FWIP さわ
FWIP さわ
FWIP さわ
CE N'ÉTAIT PAS ÇA, ALORS ?
GRAAB
C'EST PAS UNE TRADITION, ÇA !!
CE CONNARD EST UN CRIMINEL !!
GNIIIIIII
GRRR
HÉ...
J'ÉTOUF...
HN ?
FUUUUH
PAS TOUCHE À MON ANGE À MOI !!
FUUUUH
GRAOUUUUH
OUI
JE VAIS TRÈS BIEN...
OUI, C'EST ÇA L'AMOUR
MINEO
END

KWÉ ?
FWIP
AH ?
EUH...
RE...
FRRSH
FRRSH
REDOUANE-SAN ?
FRRSH
FRRSH
AH
AH
FRRSH
AH
AH
AH
C'EST-À-DIRE QUE... FAIRE ÇA ICI...
BOBOM
HUMPF
ÇA SERAIT BALLOT QUE JE ME METTE À BANDER ICI...
HUMPF
EH BIEN ?
DANS LES TRAINS AU JAPON, IL N'EST PAS DE COUTUME DE CARESSER LE FESSIER DES GENS ?
PAR-DON?

AUCUN PROBLÈME, ÇA M'AMUSE.
AU PAYS, JE SUIS OBÉISSANT. MAIS ICI, JE FAIS TOUJOURS DE NOUVELLES EXPÉRIENCES.
FLAP
JE NE M'ENNUIE JAMAIS AVEC TOI, MINEO.
POUR TE RÉCOMPENSER, JE PORTERAI CE QUI TE PLAIRA.
HAAAN
AAAH, RED, TU ES MON ANGE !!
ALOOORS... QUE CHOISIR ?
HN ?
OUAIIIIIS
OUAIIIIIS
PEUT-ÊTRE UN RETOUR AUX BASIQUES AVEC LE COSTUME DE MAID.
MAIS J'AI AUSSI ENVIE DE LE GARDER POUR PLUS TARD...
Y A AUSSI LE COSTUME DU DERNIER CLIP DES IKB.
KYAH
KYAH
ON PEUT SÛREMENT DÉJÀ L'ACHETER SUR LE NET !
SWIP

PSSSHT
Jour X du mois X : leurs déboires avec les pervers du train.
- Le cas Mineo X Red -
KATACLAK
OUI ! C'EST ENCORE UNE VICTOIRE POUR NOUS !
OUAIS ! C'EST DEVENU NOTRE PETITE ROUTINE DE FAIRE LA COURSE AVEC NASIR-SAN.
PARDON, M'SIEUR...
ÇA LE RAGAILLARDIT PEU À PEU. C'EST PARFAIT POUR LUI.
KATACLAK
CELA DIT, LE TRAIN, C'EST UNE PREMIÈRE POUR MOI.
J'AI BEAU CONNAÎTRE LA RUMEUR, LA PROXIMITÉ AVEC AUTRUI EST TOUT DE MÊME EFFRAYANTE.
ON A SAUTÉ DEDANS DIRECT...
FAUT DIRE QUE LE TAUX DE REMPLISSAGE DES WAGONS PEUT DÉPASSER 100% SELON L'HEURE.
KATACLAK
SORRY
MAIS C'EST PAS UN ENDROIT POUR UN PRINCE, HEIN ?

Tournage
KOUW AAAH ?!
UN PER-VEEERS ?!
JE SUIS VRAIMENT DÉSOLÉ !
J'EN ÉTAIS SÛR, J'AU-RAIS PAS DÛ T'OBLIGER !!
ÇA VA ? TU N'AS RIEN ??
TOUT VA BIEN.
CALMOS ...
JE ME SUIS JUSTE FAIT TRIPOTER LE CUL...
C'EST PAS LA MER À BOIRE...
HUMPF
Pfff...
Tu es en train de me dire que ça ne t'a pas déplu ?
AH OUI ?
IL N'EST PAS CROYABLE ...
ÇA MÉRITE UN TRAITE-MENT PIRE QUE D'HA-BITUDE.
PSST
UNE PROMENADE AVEC UN PLUG ANAL PEUT-ÊTRE...
HEIN ? QUOI ?
UN PLEUGUE ?
RIEN, JE PARLAIS TOUT SEUL.
END

KATACLAK
.....
HAA
OUI, C'EST BIEN... JE TE TOUCHE JUSTE UN PEU
HAA
KRIIIK
KATACLAK
HAA
AAAH... VOUS SENTEZ BON, VOUS, LES GENS DU SHOWBIZ
FWIP
FWIP
HAA
FWIP
KATACLAK
Fait chier... J'ai pas le choix, je suis obligé de me laisser faire...
GROOOLL
GNIII
AH...
FUH
CHUUT
FWIP
C'EST JUSTE UN PETIT FROTTI-FROTTA
FUH
FWIP
BOBOM
IL N'A PAS L'AIR BIEN...
J'ESPÈRE QUE ÇA VA...
Qu'est-ce que j'ai ? Je veux pas... Ça me dégoûte... Et pourtant...
FUUH
FWIIIP
FWIIIP
.....
FUUH
Je sais pas... Je crois que je...

FUH
FUH
Ce serait une obsédée sexuelle ? Non... Je sens un truc...
Un mec ?!
Hé...
C'est sérieux, là ?
ES.. PÈCE.. DE...
GRIIIK
HÉ...
PSST
WOUAH, ÇA SERAIT PAS KYÔYA-KUN ?
PSST
ARRÊTE ! JE SUIS TROP FAN ♥
!!
FUUH
FUUH
PSST
SI LES MÉDIAS APPRENAIENT QUE TU AS ÉTÉ VICTIME D'ATTOUCHEMENTS ALORS QUE TU TE FAIS PASSER POUR UN SADIQUE INSENSIBLE...
PSST
ÇA DÉTRUIRAIT TA RÉPUTATION...
HEIN, KYÔYA-KUN ? ♥
GLOUPS

Mais... Un accident, tu dis ?
Tu n'as rien eu ?
QUE ?
Ah ha ha ! Non, ça va.
Merci.
OK. RETROUVE-MOI LÀ-BAS ALORS.
Encore désolé. Fais attention à toi !
PFFFF...
MAIS OUI.
KATAKLAK
KAT-AKLAK
C'EST SERRÉ...
C'EST VRAIMENT UN PRIVILÈGE DE ME FAIRE EMMENER EN VOITURE TOUS LES JOURS...
JE DOIS REMERCIER KURAMOT...
FWIIIP
BOBOM

Jour X du mois X :
leurs déboires avec les pervers du train.
- Le cas Kuramoto X Kyôya -
KATACLAK
KATACLAK
GNIII
JE NE PRENDS PLUS BEAUCOUP LE TRAIN CES TEMPS-CI...
ALORS J'AI SOUS-ESTIMÉ L'HEURE DE POINTE.
GNIII
ARGH...
Désolé, Kyôya-kun !!
Le matin-même.
Il a dû y avoir un accrochage plus loin devant...
Je ne suis pas prêt de sortir de l'autoroute...
VRRRRR
AH OUAIS ?
BEN, JE VAIS PRENDRE LE TRAIN.
Huuum... Je ne préférerais pas.
PAS LE CHOIX. ET AVEC LES EMBOUTEILLAGES, LE TAXI NE SERVIRA À RIEN.
ET PAS QUESTION D'ÊTRE EN RETARD.

Young Boyfriend's

Love Management Habit

Satoshi Onozuka
(chercheur stagiaire)
D'un naturel franc et gentil, il lui arrive néanmoins de devenir avide et insatiable lorsque ses gènes d'aubergiste refont surface. Ils'endort souvent après avoir versé de l'eau chaude dans ses nouilles instantanées, et elles finissent en bouillie. Son plat préféré est le foie gras de la mer nappé de miso au crabe (accompagné d'alcool). Les racines noires des cheveux d'Izumi le font complètement craquer.
Izumi Hirasaka
(en L3)
Un homme, un vrai, qui donne le meilleur de lui-même en gardant son flegme et son élégance. Il s'investit à fond dans ce qui le passionne. Il a opté pour le blond depuis que son frère l'a décoloré pour lui faire une blague. Il trouve que ça lui va bien. Il compense son air de vaurien en gardant une attitude sérieuse au quotidien. Groupe sanguin AB, du signe du Cancer.

Redouane Safoua Ilyas
(en Master)
Prince beau, doux et riche, il est tellement parfait qu'il en serait presque irréel. Bien né comme il l'est, il n'a aucune peine à répondre avec le sourire aux fantasmes de cosplay bizarres de Mineo. Véritable dieu vivant, il lui passe tous ses caprices en lui disant : « Il n'y a pas demal » ou « C'est ça, l'amour ! ».
Mineo Tachibana (en L3)
Originaire de Shizuoka. Avant de devenir un fanatique d'Idols fou de son prince, Mineo était la star de l'équipe de foot de son lycée avec laquelle il a même participé au tournoi national. Son affection pour les Idols est sûrement due à l'épuisement de mener de front les cours au collège et au lycée et le foot. Actuellement, il profite à fond de son bonheur avec le dieu vivant (le Prince) qui lui cède tout.

Kyôya Misumi
(L2)
Repéré dans la rue quand il était en Terminale, il est devenu mannequin pour un magazine de mode de style Shibuya et il est maintenant acteur. Jeune homme doux, il aime les gâteaux et les sucreries.Il raffole des Mont-blanc et des fraises mais sur son profil officiel, il dit que son plat préféré est le Curry Thaï pour ne pas entacher son image. Il a deux grandes sœurs.
Yûji Kuramoto (Manager)
Manager talentueux et discret. En fait, Il n'a pas été plus loin que le lycée. Quand il était plus jeune, il jouait de la guitare dans un groupe. Rêve secrètement de lancer Misumi dans la musique. Il a beau essayer de mettre le sujet sur le tapis, Misumi ne semble pas y porter un grand intérêt. Ça le déprime.

ENFIN, FAUT PAS QUE JE ME PLANTE DANS UNE SÉRIE EN PRIME TIME.
J'AURAIS PEUT-ÊTRE DÛ Y ALLER PLUS FORT...
SPREUUUT
ÇA ME PLAÎT QUAND TU ES SÉRIEUX COMME ÇA, KYÔYA-KUN.
APRÈS LE TRAVAIL, JE VAIS M'OCCUPER DE TOI ET TE DÉTENDRE À MA MANIÈRE.
KOF
PSST
YÛJI-SA...
LÀ, C'EST KURAMOTO.
ALLEZ ! VA TRAVAILLER !
!!
ON PASSE À LA SCÈNE SUIVANTE !
HI HI
POURQUOI VOUS SOURIEZ COMME ÇA ?
OH, POUR RIEN ♪
QU'EST-CE QUI POURRAIT LUI FAIRE PLAISIR CE SOIR ?
END

FAIS PAS CETTE TÊTE...
ÇA ME DONNE ENVIE DE TE FAIRE MAL.
C'EST BON ! COUPEZ !
« MON CHER PETIT-AMI SADIQUE »
No. 1.
FAIS-MOI MAL !
BIEN JOUÉ ! TU ÉTAIS SUPER CLASSE !
DE L'EAU.
OUI
Visionnage
TOUT À L'HEURE, LE RÉALISATEUR T'A COMPLIMENTÉ !
IL A DIT QUE TU VENAIS DE PASSER UN CAP !
AH OUAIS ?
C'EST VRAI QUE J'AI LA FORME.

ESPÈCE DE...
SMACK
PETIT VICIEUX
FRRRSSSS
PARDON... ♥
QUE...
BRR
AH...

VOILÀ TA RÉCOMPENSE POUR AVOIR ÉTÉ MIGNON.
SPOCK
BOBOM
SPOUTCH
PLOTCH
PLOTCH
BOBOM
HN
BOBOM
SPLITCH
HUUUM
SPLITCH
HA
TU VIENS DE JOUIR...
ON... ARRÊTE LÀ ?
LICK
HAOUH
HA
HA
NON...
ENCORE...
PRENDS-MOI...
JE TE JURE...
AH !

BOBOM
GAH
GAH
GAH
GAH
SPOUTCH
FRRSS
C'est extrêmement plaisant. J'adore ça.
MOUIK
HIC
HIC
FIUT
FIUT
HN...
ÇA Y EST, TOUT EST RENTRÉ.
ET ALORS ? TU PEUX BOUGER, TU SAIS.
...AR-DON...
HN ?
FUH
C'EST TROP BON. J'ARRIVE PAS À BOUGER...
FUH
PLOC
PLOC
PAR-DON...
EH BEN...
BOUH
BOUH...
AH... BON ?
RAPLAPLA
FUH

SPLIC
AH...
HIC
MAINTENANT...
TU VAS TE PRÉPARER TOUT SEUL.
FLOTCH
HIC
HN
GH
FLOTCH
HUUUM
HIC
FLOTCH
BRR
FLOTCH
CLING
FLOTCH
FLOTCH
HN...
On dirait que je me suis laissé prendre au jeu.
HN !
FLOTCH...
HA... HA...
YÛJI...SAN
ET APRÈS...
JE DOIS... FAIRE QUOI ?
HIC
HIC
FLOTCH
NE BOUGE PLUS...
JE VAIS TE LA METTRE.
SPOUTCH
SPOUPOUH...
Te voir obéir bien gentiment à tout ce que je dis...
AH
AH

AH...
AH !
OUI...
SWOUP
SWOUP
SWOUP
SHOUP
SWOUP
SWOUP
AH...
AH...
C'EST CHAUD...
PAS LES DEUX... EN-SEMBLE...
SHOUP
ÇA VA...
BRRR
SORTIR...
FUH
FUH
NON, JE NE CROIS PAS...
IMPOSSIBLE AVEC ÇA À L'INTÉRIEUR.
SMOUTCH
HAAA !
K...URA... MOTO !
Kyôya-kun, je ne crois pas que tu sois aussi masochiste que tu le dis.
HIC
SWOUP
SWOUP
COMMENT JE T'AI DEMANDÉ DE M'APPELER ?
SWOUP
SWOUP
HA...
HIC
HIC
HA...
YU...
YÛ...
JI... SAN
HIC
Moi, par contre...
FRRSSS
BON GARÇON.

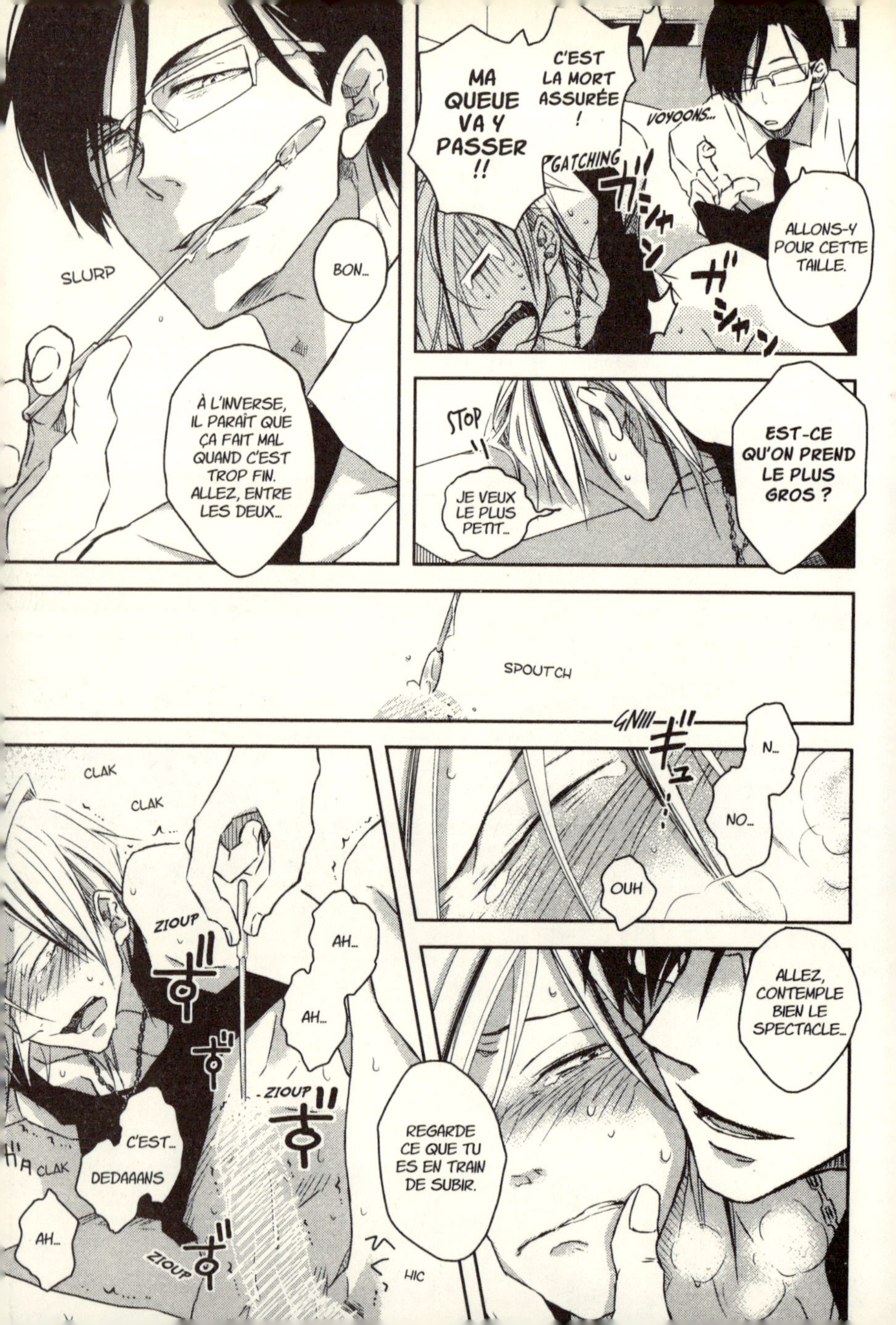
VOYOONS...
ALLONS-Y POUR CETTE TAILLE.
GATCHING
C'EST LA MORT ASSURÉE !
MA QUEUE VA Y PASSER !!
EST-CE QU'ON PREND LE PLUS GROS ?
STOP !!
JE VEUX LE PLUS PETIT...
BON...
SLURP
À L'INVERSE, IL PARAÎT QUE ÇA FAIT MAL QUAND C'EST TROP FIN. ALLEZ, ENTRE LES DEUX...
SPOUTCH
GNIII
N...
NO...
OUH
ALLEZ, CONTEMPLE BIEN LE SPECTACLE...
REGARDE CE QUE TU ES EN TRAIN DE SUBIR.
HIC
CLAK
CLAK
AH...
AH...
ZIOUP
ZIOUP
C'EST... DEDAAANS
HA CLAK
AH...
ZIOUP

BOBOM
QUI SERAIT TOUTE MOUILLÉE RIEN QU'EN SE FAISANT TRIPOTER LES SEINS.
VRR
VRR
POUIC
HAN !
VRR
VRR
VRR
GN
VRR
HN
FUH
HUUUM
FUH
HUM
TU AIMES SUR LE BOUT ?
BOBOM
CLAP
D'ACCORD. ALORS J'AI ENCORE MIEUX POUR TOI.
C'EST...
QUOI ?
BOBOM
ÇA, C'EST POUR L'URÈTRE...
EXPLIQUE-MOI POURQUOI T'AS TOUT ÇA ?! LES MENOTTES, LE VIBRO ET TOUT LE RESTE !!
GROS
BAZAR
ET J'AI DES TONNES D'AUTRES CHOSES EN RÉSERVE.
!!
HI !

POURQUOI TU FLIPPES AUTANT...
ALORS QUE TU LE DÉSIRES SI ARDEMMENT ?
BOBOM
BLUUUSH
KURA-MOTO...
BOBOM
BOBOM
BOBOM
TU VAS M'APPELER « YÛJI-SAN ».
KYÔYA
AH
VRR
AH
VRR
VRR
ALLONS, ALLONS...
VRR
HN
ON DIRAIT UNE JEUNE FILLE...
VRR
VRR
VRR
VRR
SWIP
VRR
AH...

À PARTIR DE MAINTENANT, JE SERAI TON SADIQUE ATTITRÉ.
DEMANDE-MOI N'IMPORTE QUOI.
JE TE MALTRAITERAI SELON TES DÉSIRS.
BOBOM
QUE...
BOBOM
QUOI ?
MAIS...
TU PEUX PAS !
OH QUE SI.
CLING
LE SADISME, C'EST AVANT TOUT RENDRE SERVICE. DONC, JE SUIS PARFAIT POUR LE RÔLE...
NON... ATT...
EN TANT QUE MANAGER, JE SUIS PRÊT À ME DÉVOUER À TOI ENTIÈREMENT.
CLING
AH
ATTENDS !
GLOUPS
HYAH

GATCHING
AH
QUE ?!
BAM
JE NE SAIS PAS SI JE SERAI DOUÉ OU PAS...
MAIS J'AI BEAUCOUP ÉTUDIÉ.
SPOUF
HEIN ?
QUOI ?!
C'EST QUOI, ÇA ?
CLING
HÉ HO...
JE PIGE PAS, LÀ.
JE T'AI POURTANT DIT QUE J'AVAIS PRIS MA DÉCISION.

C'EST FINI, IL NE ME RESTE QUE LE SADISME.
JE ME SUIS FAIT UNE RAISON.
JE VAIS RENDRE HEUREUX LES MASOS DU MONDE ENTIER.
JE FERAI TOUT CE QU'ON ME DEMANDE DANS LES SÉRIES. TU PEUX EN ACCEPTER D'AUTRES.
ALORS...
MOI AUSSI, J'AI PRIS MA DÉCISION...
KYÔYA-KUN.
KURA-MO-TO...
C'EST BON, TU PEUX PARTIR.
POSE MES AFFAIRES LÀ.
PAS SI VITE, KYÔYA-KUN.
HEIN ?

108
Misumi le Terminale à Shibuya
MAIS C'EST MAINTENANT QU'IL DOIT TOUT DONNER ET DEVENIR ENCORE MEILLEUR !
MON FLAIR NE M'A PAS TROMPÉ QUAND JE L'AI RECRUTÉ !
CLAC
GN
COURAGE, KYÔYA-KUN ! MOI AUSSI, JE VAIS FAIRE MON MAXIMUM !
NÉANMOINS, JE SAIS QUE JE LUI EN DEMANDE…
BEAUCOUP TROP.
KURAMOTO… DÉMARRE.
ON RENTRE.
KYÔYA-KUN…
QU'Y A-T-IL ?
IL NE CHOISIT LE SIÈGE PASSAGER QUE LORSQU'IL A DE GROS PROBLÈMES.
RIEN.
J'AI VIENS JUSTE DE RENONCER À MA VIE DE MASO.
FWIIIT
QUOI ?

EN RÉSUMÉ...
LE BOULOT DU SADIQUE EST DE COMPRENDRE ET DE SATISFAIRE LES DÉSIRS DU MASOCHISTE.
RENDRE SERVICE EN SOUMETTANT L'AUTRE, QUOI.
EN EFFET...
KYÔYA-KUN N'EST PAS FAIT POUR ÇA. IL AIME BEAUCOUP TROP ÊTRE CHOUCHOUTÉ.
JE CONNAIS LES GRANDE. LIGNES MAIS JE RESTE DUBITATIF...
HEIIIIIIIN ?
T'Y ARRIVERAS PAS, C'EST CLAIR. T'ES MASO, TOI AUSSI.
JE NE SUIS PAS SPÉCIALEMENT MASOCHISTE...
MAIS PAS SADIQUE NON PLUS...
C'EST QUELQU'UN DE SÉRIEUX QUI FAIT DU BON TRAVAIL POUR LE MOMENT...

T'EM-BALLES PAS (RIRE).
PAS DE RISQUE.
EUUUH... MISUMI-KUN, C'EST ÇA ?
TU ÉTAIS VENU POUR UN DOSSIER ? EXCUS...
JE SUIS SÛR...
QUE ÇA LEUR PLAÎT, LES MECS COMME TOI...
FADES AVEC L'AIR DE PAS Y TOUCHER...
SÉRIEUX, TU AS DEUX SADIQUES GÉNIAUX POUR TOI TOUT SEUL...
TU MÉRITES PAS AUTANT.
LAISSE-EN UN PEU AUX AUTRES !
FAIT CHIER !!
SBAM
PLAF
STAP STAP STAP STAP
MERCI !
BOUCHE BÉE
SADIQUES ?
C'EST UN BON GARÇON. IL A TOUT FAIT COMME IL FAUT.
C'EST QUOI... CE MEC ?
HI HI HI
?
IZUMI-KUN...
OUI ?
JE SUIS VRAIMENT COMME IL A DIT ?
AH... MAIS NON...
T'INQUIÈTE PAS POUR ÇA, TU AS TOUT CE QU'IL FAUT POUR MOI.

C'EST VRAI QU'ON DOIT D'ABORD DEMANDER LA PERMISSION À SON MAÎTRE.
Son maître ?!
PFFF
EN-CORE ÇA...
ELLE ME PLAÎT PAS TROP, CETTE BLAGUE.
Il est déjà considéré comme du bêta par Nishijima-sensei...
Et il lui faut un maître-chien en plus...
Ce mec...
NISHIJIMA-SENSEI AIME BIEN TE TITILLER, IZUMI-KUN.
Je l'envie trop...
ARGH...

C'EST QUOI CE TAPAGE ?
ET CETTE HISTOIRE D'AMANT ?
!!
GLOUPS
CLING
SORRY
PAF
AH... OUPS...
HUMPFF
YO, HIRASAKA ! ON VIENT DE M'APPRENDRE À L'INSTANT QUE CE PETIT ÉTAIT MON MEC.
C'EST PAS DRÔLE.
BOBOM
IL A TOUT D'UN SADIQUE !!
BOBOM
BOBOM

TU M'AS SAUVÉ…
MOI ? JE SUIS CHERCHEUR STAGIAIRE ICI.
ONOZUKA. ENCHANTÉ.
ET ?
J'IMAGINE QUE T'ES AUSSI L'AMANT DE NISHIJIMA-SENSEI…
HEIN ?
SON AMANT ?
MON AMANT ?! LUI ?!
MOU-AHA !
IDIOT ! C'EST MON BOURRICOT !!
ARRÊTEZ AVEC ÇA…
PAS SON HOMME OU MÊME SON CHIEN…
MAIS SON CHEVAL ?!
HUE !
HIII HIHIIIII
JUMENT
ILS SONT DU GENRE…
Image d'illustration
HYPER HARD…
GNIP
BOUGE DE LÀ.
WAH !

KRIII
KRIII
KRIII
SENSEI ! VOUS ALLEZ FINIR PAR ME CASSER LE BRAS !
AH ! AH ! AÏE ! J'AI MAL ! AAAH !
PAF
PAF
MEUUUH NON ! ARRÊTE DE CHOUINER POUR SI PEU !!
C'est la première fois... que je vois du SM en vrai...
FAIS-MOI CONFIANCE, J'AI ACQUIS CETTE TECHNIQUE AUPRÈS D'UN OSTÉOPATHE PROFESSIONNEL !
TES COURBATURES, MOI, JE VAIS LES...
HUUUUU
SENSEI ! SENSEI !!
YO, MISUMI ! TU VIENS POUR TON DOSSIER ?
VOUS AVEZ... DE LA VISITE.
HN ?
SENSEI... C'EST QUI... ÇA ?

C'est le petit quart d'heure qui redonne un peu de couleur à mon cœur de maso complètement desséché.
OASIS
MOI QUI SUIS ADULÉ À TRAVERS TOUT LE PAYS EN TANT QUE SADIQUE...
IL N'Y A QUE MON SENSEI QUI DAIGNE ME REGARDER AVEC UN TEL MÉPRIS..
MÊME S'IL EST MARIÉ, JE M'EN FICHE !
BOBOM
BOBOM
BOBOM
JE SERAI SON AMANT OU SON CHIEN !
NON, JE PRÉFÈRE ÊTRE SON CHIEN !!
BOBOM...
CLAC
Nishijima-sensei, devenez mon petit-ami hyper sadique !!
SENSEI ! JE VOUS APPORTE MON...
DOS...
AAAH, C'EST PAS VRAI !
TIENS-TOI TRANQUILLE, ONOZUKA !
STOP...
J'EN PEUX... PLUS.
HAA...
PARDONNEZ-M...
HAA...
SI...
GRIIISH
ER...
GRIIISH
AH...
NON...

ENFIN...
CLING
MOI, JE DIS : «LES AFFRES DE LA JEUNESSE, IL FAUT LES PASSER MÊME SI ON DOIT Y PASSER.»
POC ☆
HÉ ?!
gnip
L'HOMME EST D'AUTANT PLUS EXCITANT QU'IL A L'AIR À BOUT DE FORCE.
ALORS REVIENS AVEC UNE BONNE VIEILLE TÊTE DES FAMILLES, OK ?
HIN HIN
KYUUUUUN
きゅ
BOBOM
BOBOM
BOBOM
BOBOM
D...
D'ACCORD !

cest mon intuition de maso qui me le dit !!
NISHIJIMA-SENSEI !!
SWIP
SWIP
Quelques jours avant
CLIC
SI TU VEUX VALIDER, TU DOIS ME RENDRE TON DOSSIER.
CLIC
CLIC
ET CINQ PAGES DE PLUS À CHAQUE SEMAINE DE RETARD.
CLIC
PFFF...
Les autres profs m'ont dispensé du reste des matières...
TU DOIS AVOIR BEAUCOUP DE TRAVAIL.
UN AUTOGRAPHE POUR MA PETITE-FILLE ? ELLE EST FAN.
AGNEAUX
FAIS PAS CETTE TÊTE !
JE SAIS PAS CE QUE ÇA A DONNÉ AVEC LES AUTRES...
HIN
HIN
HIN
MAIS MOI, J'AI PAS LE MOT «DISPENSE» DANS MON DICO.
DIS-TOI QUE JE SUIS DÉJÀ BIEN ASSEZ CLÉMENT DE T'ACCORDER DES RETARDS.
PLUS CINQ PAGES...
MERCI BEAUCOUP, MONSIEUR.
C'EST VRAI QUE LES AUTRES ONT ÉTÉ TROP SYMPAS...

CLAC
JE T'AT-TENDS AU PARKING.
OUAIS.
WAH
AH, C'EST KYÔYA-KUN
NISHIJIMA-SENSEI...
NISHIJIMA-SENSEI...
NISHIJI-MA-SENSEI...
LE MAGAZINE SUR LUI ÉTAIT SUPER !
JE VEUX QU'IL ME MALTRAITE
NISHIJI-MA-...
SWIP
SWIP
SWIP
FAIS-MOI MAAAL
LE SADIQUE ENVOYÉ PAR LE CIEL QUI RÉUSSIT À APAISER CELUI QUE JE SUIS VRAIMENT...
C'EST NISHIJIMA-SENSEI ET LUI SEUL !
JE LE SAIS CAR...
FAIS-MOI MAAAL
BOUHOU... TROP DE REGARDS MASOS SUR MOI...

JE SAIS ÇA, T'INQUIÈTE.
JE BLAGUE.
FLAP
LE SADIQUE QUI MONTE
L'AMOUR QUI PIQUE
KYÔYA MISUMI
HUM...
KURAMOTO, CONDUIS-MOI À LA FAC.
QUOI ?
MAIS TU N'AS PAS COURS AUJOURD'HUI !
J'AI... UN DOSSIER À DÉPOSER.

JE SAIS PAS CE QUE ÇA FAIT D'ÊTRE SADIQUE, MOI !!
JE SUIS MASO-CHISTE ! UN GROS MASO MÊME, SI ÇA SE TROUVE !!
SHPLOF
しゃあ
JE VEUX QU'ON M'EN FASSE BAVER ! MAIS FAITES-MOI MAL, PUTAIN !!
JE DÉMARRE ...
J'ARRÊTE PAS D'ACCUMULER DE LA FRUSTRATION...
JE VAIS FINIR CHAUVE !
FLAP
JE NE PRÉFÈRE PAS.
S'IL N'Y A PAS LE CHOIX, JE VAIS DEVOIR M'Y M'ÊTRE... AU SADISME.
HEIN ? T'Y ARRIVERAS PAS, C'EST CLAIR. T'ES MASO, TOI AUSSI.
OH !
SI T'ES MON MANAGER, C'EST QUE T'ES ENCORE PLUS MASO QUE MOI.
AH BON ?
IL ME RESTE PLUS QU'À ALLER ME FAIRE METTRE EN CHARPIE DANS UN CLUB SM...
AH NON, SURTOUT PAS ! CE SERAIT TERRIBLE SI LA PRESSE TE PRENAIT EN PHOTO !!
SM CLUB QPa

ENCORE ÇA ?!
PLAAAF
J'EN AI RAS-LE-BOL !
JE COMPRENDS…
MAIS TU SAIS BIEN QUE LE PRODUCTEUR TE VEUT ABSOLUMENT.
BRR
C'EST LE RÔLE PRINCIPAL D'UNE SÉRIE EN PRIME TIME QUAND MÊME !
UNE OCCASION EN OR !
BRR
T'AS RAISON, C'EST GÉNIAL ! À COMMENCER PAR LE TITRE !
Manager : Yûji Kuramoto
PFFF
«MON CHER PETIT-AMI SADIQUE»… TU PEUX ME DIRE CE QU'ILS AVAIENT PRIS CE JOUR-LÀ ?
AAAH… VA SAVOIR…
FAIT CHIER !
GRR
TOUT LE MONDE ME PREND POUR UN SADIQUE. ON ME DEMANDE QUE POUR ÇA.
GRR
MÊME DANS MA VIE PRIVÉE, JE ME FAIS APPROCHER PAR PLEIN DE MASOS QUI VEULENT QUE JE LES MALTRAITE.
SPRRT SPRRT
Acteur : Kyôya Misumi

Me vouer au sadisme pour toi

Young Boyfriend's
Love Management Habit

Itaru Orisawa
S'occupe des séminaires d'études folkloriques. Il est d'un abord difficile et du genre à laisser ses élèves se débrouiller tout seuls. Cependant, il lui arrive de leur envoyer des pics comme : «Si tu continues comme ça, je ne validerai peut-être pas ton mémoire» pour les faire flipper. Mais c'est quand même quelqu'un de bien.
IKB 24
Nanami Ishikawa
Membre principale des IKB. Elle a une grosse poitrine et un corps douillet. Elle est réconfortante car toute douce et gentille.
Akiko Shirai
Responsable de l'étude de la colorimétrie. Sort tous les week-ends avec son mari.
Tokujirô Sakurada
Prof de sociologie bientôt à la retraite. Il a 3 petites-filles très jolies. Au comble du bonheur.
Atsuko Tanita
La dame de la cafét de la fac. C'est un peu la maman de tout le monde. Son café est un must.
Nasir Rushdie Muflis
Descend d'une haute lignée de domestiques de père en fils. Il est au service du prince depuis la naissance de celui-ci. Après tout juste un an de mariage, le pauvre homme a dû abandonner sa femme pour partir au Japon quand le prince a annoncé qu'il voulait y faire un échange universitaire. Voulant faire amande honorable, il envoie régulièrement à sa femme des DVD sur lesquels il enregistre ses dramas préférés. Époux dévoué. Coup de cœur du moment de sa femme : «Mon cher petit-ami sadique». C'est un groupie de Misumi. Nasir a tout le temps des aigreurs d'estomac à cause du prince mais il est ému aux larmes lorsque ce dernier lui montre sa reconnaissance. Il l'adore quoi qu'il arrive.

DZIIING
R... REEED ?!
C'EST CE QU'ON PEUT APPELER UN ACCUEIL CHALEUREUX...
D... DÉSOLÉ. MAIS, POURQUOI TU...
À PARTIR D'AUJOURD'HUI, SA MAJESTÉ APPARTIENT À NOTRE BUREAU DE RECHERCHES.
Son prof.
PARDON ?
DÈS SON RETOUR, IL A TENU LA JAMBE DU ROI PENDANT DES JOURS ET DES JOURS EN PRÉTEXTANT VOULOIR ÉTUDIER LA CULTURE JAPONAISE.
GRRR
TU VOULAIS BIEN ÊTRE AVEC MOI, NON ?
ET J'AI EXAUCÉ TON SOUHAIT.
R... RED...
BRR
BRR
BRR
D'AILLEURS MOI AUSSI, JE M'INSTALLE ICI...
ALORS, NE VOUS LIVREZ PAS À DES ACTES RÉPRÉHENSI...
ÉCOUTEZ-MOI !!
AAAH, C'EST GÉNIAL ! JE PEUX TOMBER AMOUREUX, DIS ?!
HA HA HA !
JE TE LE PERMETS !!
END

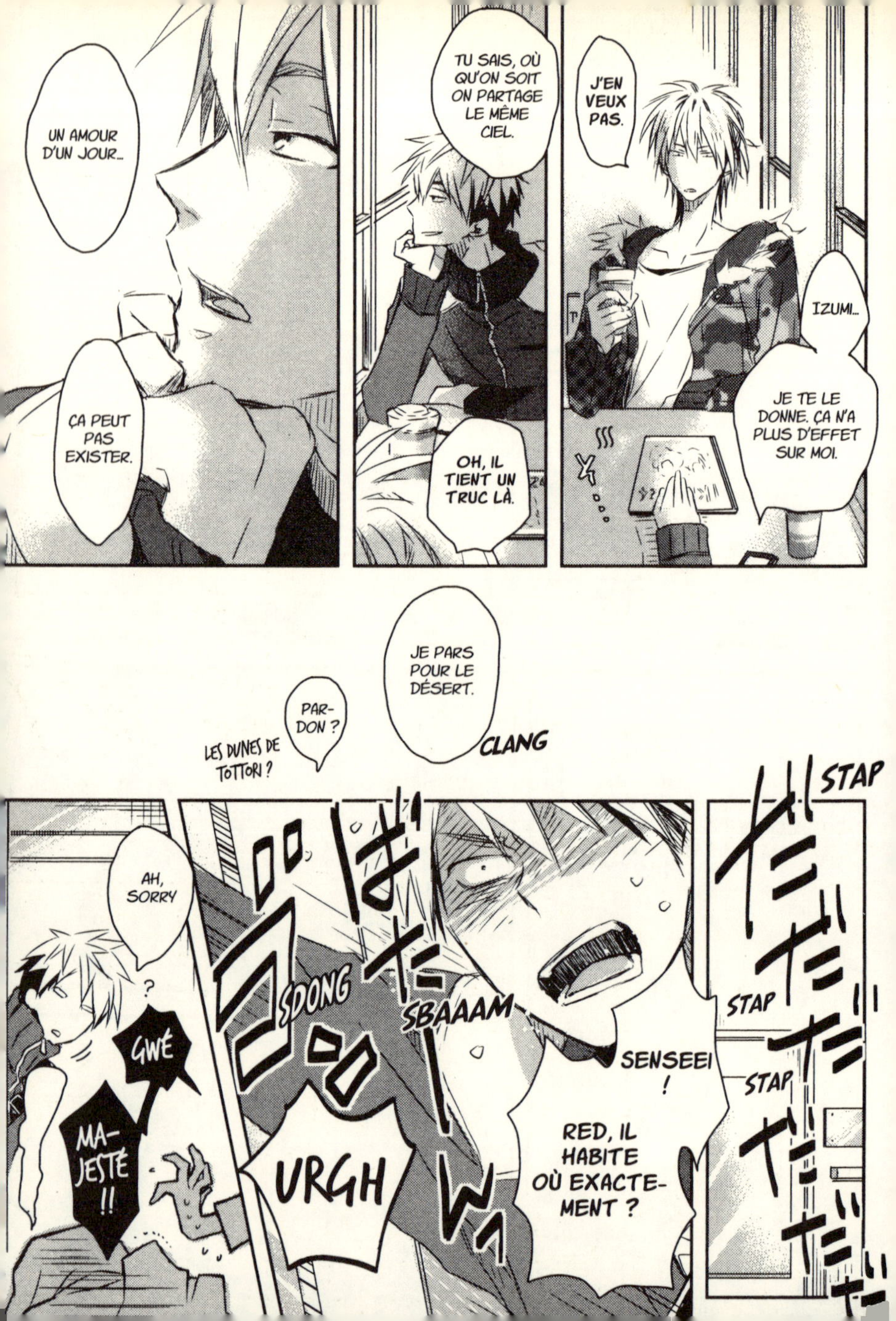

IZUMI...
JE TE LE DONNE. ÇA N'A PLUS D'EFFET SUR MOI.
J'EN VEUX PAS.
TU SAIS, OÙ QU'ON SOIT ON PARTAGE LE MÊME CIEL.
OH, IL TIENT UN TRUC LÀ.
UN AMOUR D'UN JOUR...
ÇA PEUT PAS EXISTER.
JE PARS POUR LE DÉSERT.
CLANG
PAR-DON ?
LES DUNES DE TOTTORI ?
STAP
STAP
STAP
SENSEEI !
RED, IL HABITE OÙ EXACTE-MENT ?
SBAAAM
SDONG
URGH
AH, SORRY
?
GWÉ
MA-JESTÉ !!

Quand on s'est quittés...
Contrairement à moi qui rechignais grossièrement de lui dire au revoir...
Red affichait un magnifique sourire.
Il étincelait, comme à son habitude.
POC
Ça fait maintenant un mois.
FLAP
Tous les jours, je porte en moi un gouffre que même mes anges ne réussissent pas à combler.
PFFF
POF

BRRR
SPLOOOTCH
EN... SEM... BLE !
BOBOM
HAA...
BOBOM
HAA
Le lendemain...
Notre comité d'accueil nous attendait devant la salle de séminaire. On s'est fait enguirlander comme pas permis.
DURE RÉALITÉ

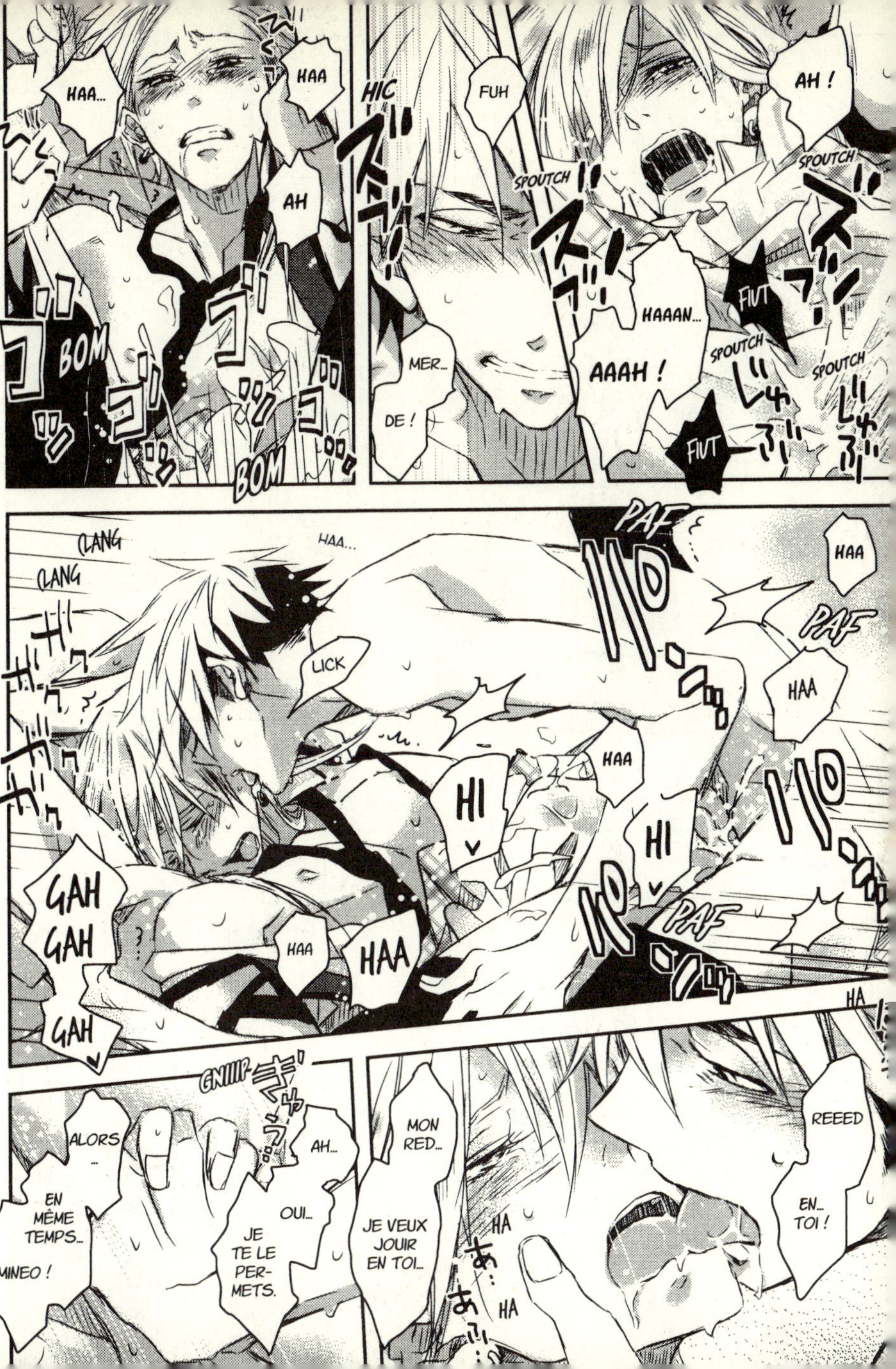
AH !
SPOUTCH
FIUT
SPOUTCH
SPOUTCH
FIUT
HAAAN...
AAAH !
FUH
HIC
SPOUTCH
MER... DE !
HAA
HAA...
AH
BOM
BOM
PAF
HAA
PAF
HAA
HAA
HI
HI
PAF
LICK
HAA...
CLANG
CLANG
HAA
HAA
GAH GAH GAH
HA
REEED
EN... TOI !
MON RED...
JE VEUX JOUIR EN TOI...
HA
HA
GNIIIP
AH...
OUI...
JE TE LE PER-METS.
ALORS...
EN MÊME TEMPS...
MINEO !

ALLEZ
PRENDS-MOI
MINEO
HU HU
JE VEUX PAS QUE ÇA SOIT JUSTE...
POUR GARDER UN SOUVENIR DE MOI.
TU AS RAISON. MOI, NON PLUS.
MERCI
TU VAS VOIR !
BLAM
FAIT CHIER...
HI
RED !
SHPOUTCH
ARGH...
GNIOUP

BRR
BRR
JE...
PARS
AH...
NON...
SWOP
HORS DE QUES-TION.
QUE ?!
GRAB
AH ?
PFFF...
SWIP
TU N'IRAS NULLE PART.
gniiip
TU VIS OÙ, RED ? DANS LE DÉSERT, C'EST ÇA ?
MINEO...
N'Y RETOURNE PAS...
TU RÉPONDRAIS QUOI...
SI JE TE DISAIS...
«JE VEUX ÊTRE AVEC TOI...»

SHPOUH
SHPOUH
SHUP
SHUP
HN
FRRRRSS
HN
HAA...
HIC
HA...
HA
POC
BOBOM
HI ?!
QUE ?
AH !
GAH
BOBOM
SHUP
POC
POC
POC
ÇA Y EST ?
JE SUIS DESSUS ?
SHUP
HA
HA
MI...
BOBOM
MINEO, ATT...
AT-TENDS...
N...
S'IL TE...
HI !
BOBOM
RED...
GAH
BRR
TU TIENS PLUS ?
HI
GRIP

Pfff...
Je suis dans de beaux draps.
SHUP
HA...
SHUP
RED...
T'ES PRÊT... POUR LE TROISIÈME ?
BRR
FUH
FUH
BRR
JE...
SHUP
JE NE SAIS PAS.
SHUP
Me voilà amoureux d'un prince.
HAA...
DÉTENDS-TOI.
FLOTCH
FLOTCH
SHPOUHPOUH
HIC
HIC
GH...
OUH...
CLAK
HAA.
ÇA TE FAIT DU BIEN DE CE CÔTÉ-LÀ, NON ?
FIXE-TOI LÀ-DESSUS.
HIC
HAA
SPLISH
GROLL
GROLL
AH...
SPLISH

HEIN ?
TU AS BIEN DIT QUE C'ÉTAIT TON FANTASME ?
OUI.
ALORS, JE VAIS LE RÉALISER.
ON VEUT TOUJOURS SATIS-FAIRE...
LES ATTENTES DE LA PERSONNE QU'ON AIME.
HN ?
ARGH...
GLOUPS
QU'AS-TU ?
BOBOM
RIEN... MAIS LÀ, C'EST DU SÉRIEUX.
PAS DE DOUTE.
BOBOM
ÇA FAISAIT UN BAIL QUE J'AVAIS PAS ÉTÉ AUSSI SÛR.
C'EST PAS VRAI...
T'ES SÛR ?
SANS DÉC', JE BANDE À MORT !!
GRAB
JE TE LE PERMETS.

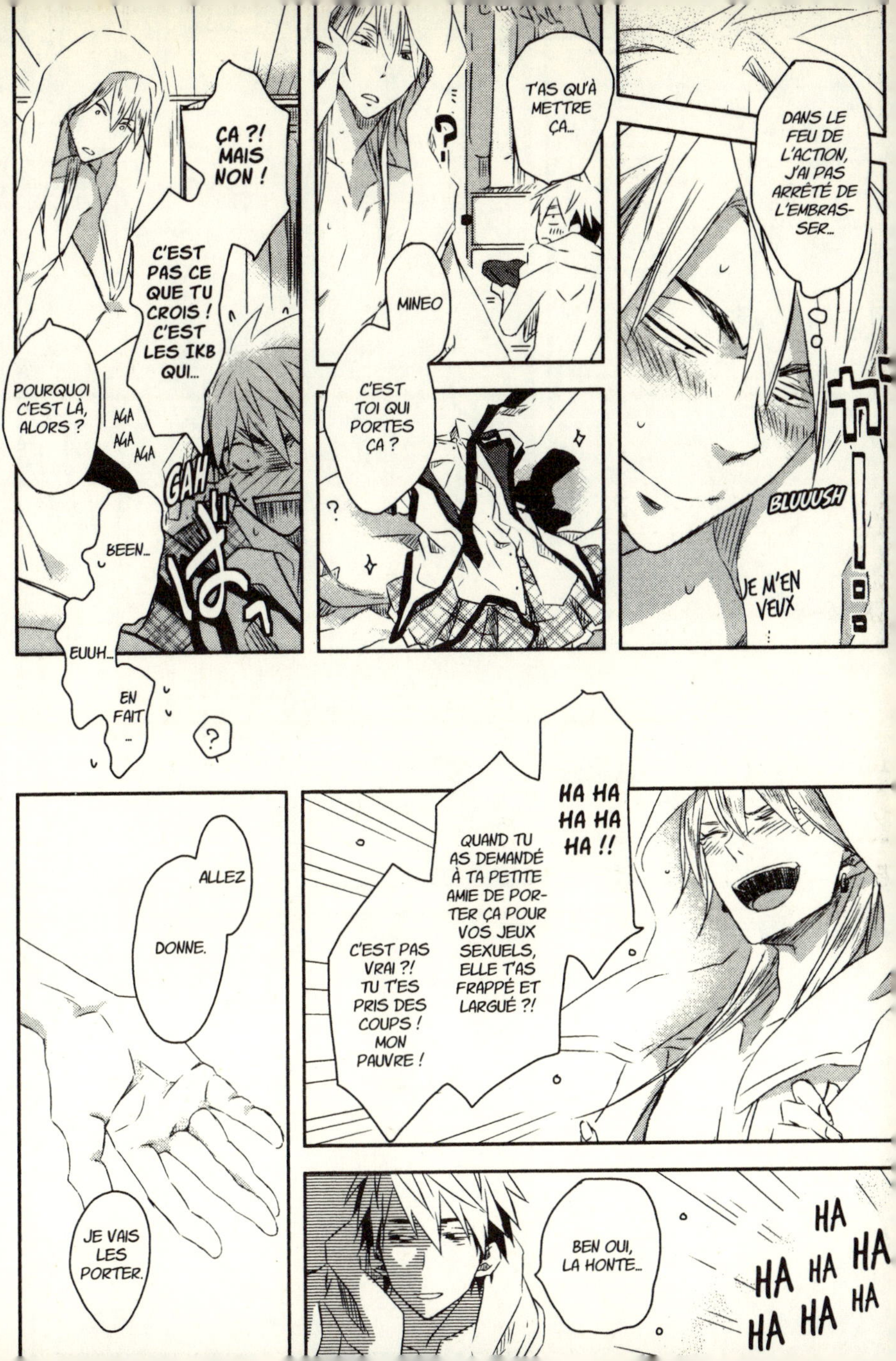
DANS LE FEU DE L'ACTION, J'AI PAS ARRÊTÉ DE L'EMBRASSER...
BLUUUSH
JE M'EN VEUX ...
T'AS QU'À METTRE ÇA...
MINEO
C'EST TOI QUI PORTES ÇA ?
ÇA ?! MAIS NON !
C'EST PAS CE QUE TU CROIS ! C'EST LES IKB QUI...
POURQUOI C'EST LÀ, ALORS ?
AGA AGA AGA
GAH
BEEN...
EUUH...
EN FAIT ...
HA HA HA HA HA !!
QUAND TU AS DEMANDÉ À TA PETITE AMIE DE PORTER ÇA POUR VOS JEUX SEXUELS, ELLE T'AS FRAPPÉ ET LARGUÉ ?!
C'EST PAS VRAI ?! TU T'ES PRIS DES COUPS ! MON PAUVRE !
BEN OUI, LA HONTE...
HA HA HA HA HA HA HA HA
ALLEZ
DONNE.
JE VAIS LES PORTER.

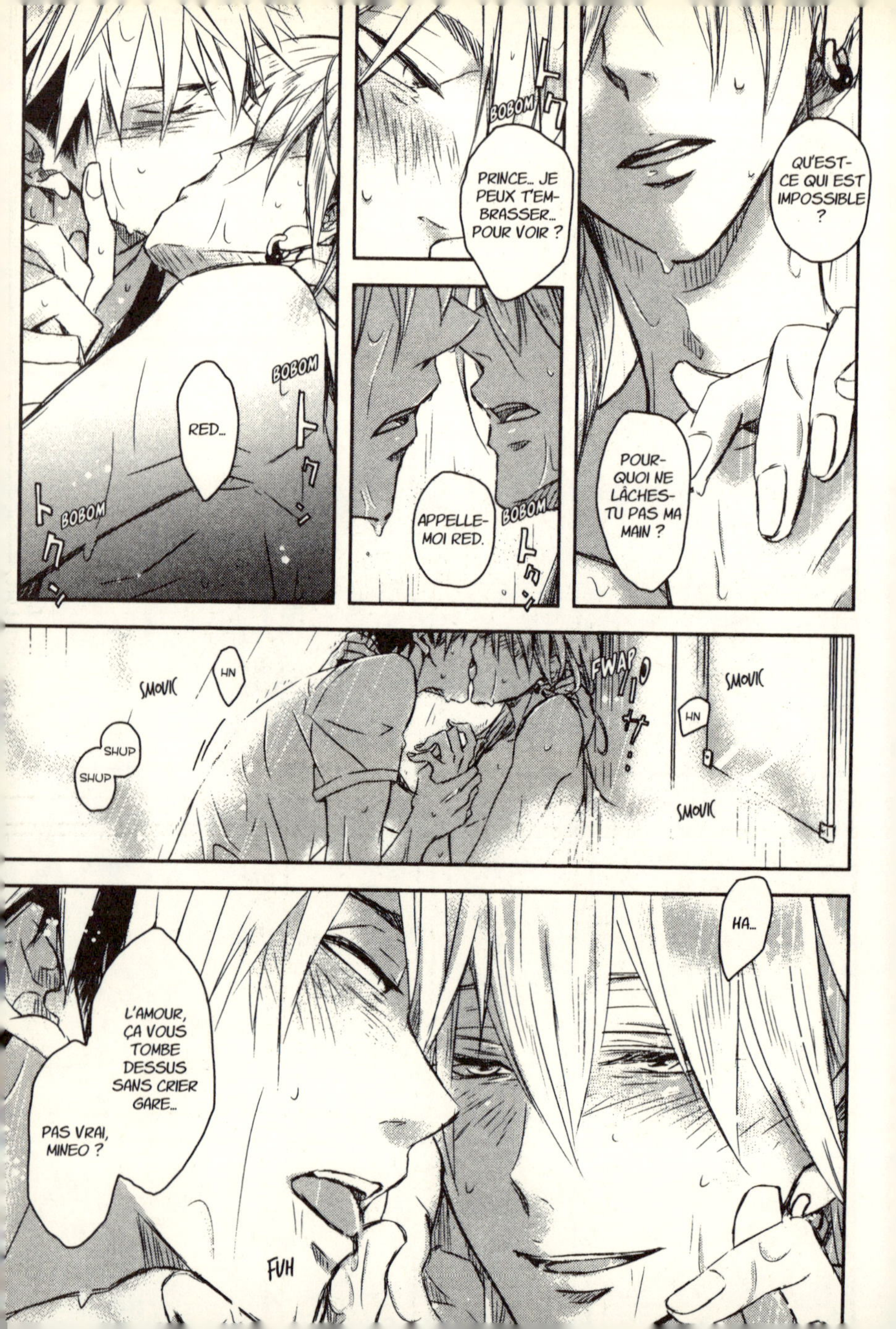

QU'EST-CE QUI EST IMPOSSIBLE ?
POURQUOI NE LÂCHES-TU PAS MA MAIN ?
BOBOM
PRINCE... JE PEUX T'EMBRASSER... POUR VOIR ?
BOBOM
APPELLE-MOI RED.
BOBOM
RED...
BOBOM
SMOUIC
HN
FWAP
SMOUIC
HN
SHUP
SHUP
SMOUIC
HA...
L'AMOUR, ÇA VOUS TOMBE DESSUS SANS CRIER GARE...
PAS VRAI, MINEO ?
FUH

FSSSH
AH
BOBOM
OUH
WAH...
MINEO...
TU ES TOUT ROUGE.
POC
BOBOM
ÇA DOIT ÊTRE L'ÉMOTION DE LA FUITE...
QUI M'ÉMEUT...
PARDON ! HA HA...
BOBOM
ÇA VEUT DIRE...
QUE TU TE SENS PERDU ?
MAIS NON... VOYONS...
C'EST IMPOSSIBLE...
BOBOM
GNIP

JE SUIS BIEN GUILLERET, MOI...
OÙ A BIEN PU PASSER MON HUMEUR MOROSE DE TOUT À L'HEURE ?
FAUT LUI TROUVER DES VÊTEMENTS
MINEO !
HN ?
IL N'Y A PAS D'EAU CHAUDE.
HEIN ? SÉRIEUX ?
FAIS VOIR... CE MATIN, ÇA MARCHAIT POURTANT...
GNIP
きゅっ
AH
PSCHIIIIIIT
EX-CUSE
Y EN AVAIT !
しゃあ
HÉÉÉ ?!
MAIS TU L'AS FAIT EXPRÈS !
POUAH !
FSSSH
T'ES TREMPÉ.
T'AS PLUS QU'À TE LAVER, TOI AUSSI.
HOP !
ALLEZ HOP LÀ
C'EST PAS VRAI...
ATTENDS, J'TE DIS !
ARR...
J'EN AI DANS LE NEZ !
HA HA HA !

BLAM
OÙ SOMMES... NOUS... MINEO ?
HUUUF
HUUUF
CHEZ MOI
C'EST TROP RISQUÉ DE SE BALADER EN VILLE POUR UN PRINCE DU PÉTROLE. DÉSOLÉ...
HAA
はぁ
HAA
はぁ
C'EST DÉJÀ BIEN ASSEZ STIMULANT.
C'EST UNE PREMIÈRE POUR MOI.
PFFF... ON Y EST ALLÉS FORT, LÀ...
SI ON NOUS CHOPE, JE SUIS BON POUR LE FOUET, NON ?
BOBOM
AH
IL TRANSPIRE...
HUUUF
HORS DE QUESTION.
JE NE PENSAIS PAS M'AMUSER AUTANT.
MINEO, TU ES ÉPATANT.
TU VEUX PRENDRE UNE DOUCHE, PRINCE ?
PAF
OUI, JE SUIS EN NAGE.
MAIS QU'EST-CE QUE J'AI, MOI ?!

Je me suis cru dans un mélodrame.
JE ME SUIS LAISSÉ ENTRAÎNER !
...
GH...
TU ES MARRANT, MINEO !
TU RIGOLES OU QUOI ? T'AS PAS HÉSITÉ UNE SEULE SECONDE !
C'EST CHAUD ! ON CRAINT RIEN, TU CROIS ?
MAJES-TÉÉÉÉÉ !!

SAVIEZ-VOUS QUE LE CAFÉ DE L'ÉCOLE EST DÉLICIEUX ?
ON A DE BONS GRAINS ET UNE SUPER CAFETIÈRE.
AH VRAIMENT ?
IL FAUT À TOUT PRIX QUE JE LE GOÛTE !
NASIR !
OUI, PRINCE !
POUR NOUS TROIS !
VAS EN ACHETER !
!!
À CONTRE CŒUR
Je me suis dit qu'il serait heureux que je le tire de là.
HA
BLING
HA
Sacré moi...
HA
HA
HA HA !
HA

ÇA A L'AIR DUR...
D'ÊTRE PRINCE...
AH
NON, IL A PERDU DE SON ÉCLAT...
OH !
ÇA SENT BON LE CAFÉ !
GRAB
HÉ, PRINCE !
Je sais pas...
Ce qui m'a poussé à faire ça mais...
Cafe
VOUS AURIEZ PAS VU CE FILM, AVEC AUDREY HEPBURN, PAR HASARD ?
LES VACANCES ROMAINES ?
OUI, CELUI-LÀ !
GRR
GRR
GRR
JE VOIS CE QUE C'EST MAIS POURQ...
AH !
HA !
TU NE VEUX...
QUAND MÊME PAS...
SI SI

FIIIXE
Son regard est...
Pesaaaaa-aaaaaant !!
EUUUH... IL EST TOUJOURS COMME ÇA ?
REGARD INSISTANT
監視
BOF, ÇA NE ME GÊNE PAS.
QUAND JE VAIS EN VILLE, J'EN AI DIX DE PLUS DERRIÈRE MOI.
J'ARRIVE ENFIN À VENIR ICI ET ON ME COUPE LES AILES...
EEEH BEN !
FIIIXE
JE CROYAIS QUE LES PRINCES EN VOYAGE, ÇA REGARDAIT PAS À LA DÉPENSE POUR SE PAYER LA GRANDE VIE.
C'EST PEUT-ÊTRE UN VOYAGE MAIS ÇA RESTE OFFICIEL. ET IL PRENDRA FIN DEMAIN APRÈS AVOIR DISCUTÉ AVEC LES VIEUX DE L'AMBASSADE.
CELA DIT, JE SUIS QUAND MÊME CONTENT D'AVOIR PU FAIRE CONNAISSANCE AVEC QUELQU'UN DE MON ÂGE.

MOI...
JE PRENDS CELLE-CI !!
TADAM
NANA-MI-CHAN
TU AS L'ŒIL, Ô GRAND PRINCE DU PÉTROLE !!
DE LA BALLE !!
MAJESTÉ !
...
OUSTE ! ON Y VA, LÀ !
JE VOUS LAISSE. C'EST LUI QUI VOUS FERA LA VISITE AUJOURD'HUI.
D'ACCORD.
YO !
GRIP !!
MINEO TACHIBANA !
C'EST QUOI TON NOM ?
MOI, C'EST REDOUANE SAFOUA ILYAS.
ENCHANTÉ, MINEO.
TU ES ÉBLOUISSANT, PRINCE.
C'est comme ça que j'ai accepté de lui servir de guide.

JE M'INTÉRESSE À LA CULTURE JAPONAISE DEPUIS LONGTEMPS.
J'AI DONC DES CONNAIS-SANCES EN JAPONAIS.
HU.
CHTING
CLAP
CLAP
CLAP
HA !
FLAP
QUE...
AH !
MES ANGES À MOI !
OUI...
JE CONNAIS ÇA.
FLAP
CE SONT LES JEUNES FILLES QUI FONT PARLER D'ELLES AU JAPON.
IKB24
FLAP

JE M'EN SERAIS BIEN CHARGÉ MAIS LE PRINCE PRÉFÈRE ÉCHANGER AVEC UN ÉTUDIANT DE SON ÂGE.
ALLEZ ! C'EST UN TRÈS BEAU GARÇON !!
HA HA HA
BLING
UN PRINCE DOUBLÉ D'UN BEAU GOSSE...
POURQUOI IL IRAIT PAS SE FAIRE VOIR ?
BLING
BLING
ALLEZ, S'IL TE PLAÎT !
SI TU REFUSES, LE CHOC POURRAIT M'EMPÊCHER D'ACCEPTER TON MÉMOIRE DE FIN D'ANNÉE.
BLI-BLING
QUE... QUOI ?! C'EST PETIT, ÇA !
JE LE FERAI PAS, J'VOUS DIS. ET PUIS, JE SAIS PAS PARLER SA LANGUE !
PAS D'INQUIÉTUDE.
AH
MAJESTÉ
DÉSOLÉ POUR L'ATTENTE.

Tel que vous me voyiez là, moi, Mineo Tachibana...
Je suis en plein processus de guérison d'un chagrin d'amour, épaulé par mes anges.
KB24
LES ANGES EN QUESTION.
CLAC
QUOI ? IL N'Y A QUE TOI, AUJOURD'HUI ?
DITES-LE QUE ÇA VOUS DÉPLAÎT DE VOUS RETROUVER SEUL AVEC UN LOSER COMME MOI !
HEIN ? TU T'ES ENCORE FAIT LARGUER ?
LAISSEZ-MOI TRANQUILLE.
MIGNOOOONNE, NANAMI-CHAN !
J'AIMERAIS TELLEMENT. MAIS J'AI UN SERVICE À TE DEMANDER.
AH BON ?
SA MAJESTÉ LE PRINCE REDOUANE QUI EST ICI EN VOYAGE DIPLOMATIQUE A TENU À VOIR NOTRE BUREAU DE RECHERCHES.
AAAH... LE PRINCE ARABE ?
PAS POSSIBLE. C'ÉTAIT PAS LE DÉLÉGUÉ QUI DEVAIT S'EN CHARGER ?
C'EST LE PROBLÈME. IL EST ABSENT, IL A DE LA FIÈVRE.
C'EST ÇA ! TACHIBANA, FAIS-LUI VISITER LE CAMPUS, TU VEUX BIEN ?
MERCI !!

Donnez-moi la main, mon prince.

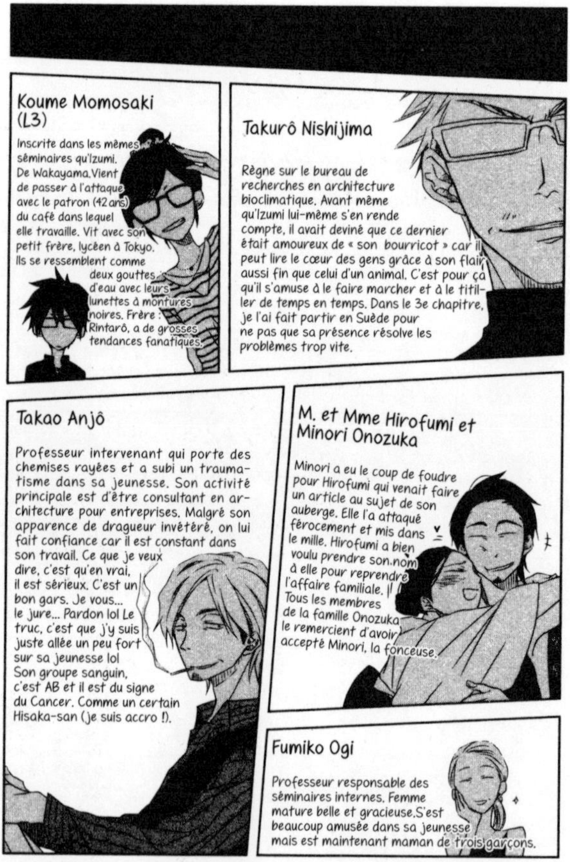
Koume Momosaki (L3)
Inscrite dans les mêmes séminaires qu'Izumi. De Wakayama. Vient de passer à l'attaque avec le patron (42 ans) du café dans lequel elle travaille. Vit avec son petit frère, lycéen à Tokyo. Ils se ressemblent comme deux gouttes d'eau avec leurs lunettes à montures noires. Frère : Rintarô, a de grosses tendances fanatiques.
Takurô Nishijima
Règne sur le bureau de recherches en architecture bioclimatique. Avant même qu'Izumi lui-même s'en rende compte, il avait deviné que ce dernier était amoureux de « son bourricot » car il peut lire le cœur des gens grâce à son flair aussi fin que celui d'un animal. C'est pour ça qu'il s'amuse à le faire marcher et à le titiller de temps en temps. Dans le 3e chapitre, je l'ai fait partir en Suède pour ne pas que sa présence résolve les problèmes trop vite.
Takao Anjô
Professeur intervenant qui porte des chemises rayées et a subi un traumatisme dans sa jeunesse. Son activité principale est d'être consultant en architecture pour entreprises. Malgré son apparence de dragueur invétéré, on lui fait confiance car il est constant dans son travail. Ce que je veux dire, c'est qu'en vrai, il est sérieux. C'est un bon gars. Je vous... le jure... Pardon lol Le truc, c'est que j'y suis juste allée un peu fort sur sa jeunesse lol Son groupe sanguin, c'est AB et il est du signe du Cancer. Comme un certain Hisaka-san (je suis accro !).
M. et Mme Hirofumi et Minori Onozuka
Minori a eu le coup de foudre pour Hirofumi qui venait faire un article au sujet de son auberge. Elle l'a attaqué férocement et mis dans le mille. Hirofumi a bien voulu prendre son nom à elle pour reprendre l'affaire familiale. Tous les membres de la famille Onozuka le remercient d'avoir accepté Minori, la fonceuse.
Fumiko Ogi
Professeur responsable des séminaires internes. Femme mature belle et gracieuse. S'est beaucoup amusée dans sa jeunesse mais est maintenant maman de trois garçons.

DE TOUTE FAÇON AVEC CES MARQUES HORRIBLES, IMPOSSIBLE DE LE TOUCHER.
OOOH
OOOH
DES SUÇONS COMME CEUX-LÀ, C'EST CRIMINEL.
HÉ HO
LE REGARDE PAS ! LE TOUCHE PAS !!
JE SUIS VRAIMENT...
DÉSOLÉ.
NE VOUS EN FAITES PAS.
IL M'A CONSOLÉ COMME IL LE FALLAIT.
TU EN ES VRAIMENT GAGA, DIS-MOI...
T'AS RIEN...
PIGÉ...
OUI
J'AI PAS UNE CHANCE AVEC TOI ?
IL EST À MOI, T'EN APPROCHE PAS, LE VIOC !!
DOMMAGE, T'ES VRAIMENT MON GENRE.
NON
END

À LA FIN, QUAND ON EST PARTIS...
ANJÔ-SENSEI AVAIT L'AIR TOTALEMENT APAISÉ.
ENFIN... J'AI EU L'IMPRESSION QU'IL AVAIT RETROUVÉ SES ESPRITS.
C'EST PEUT-ÊTRE QUELQU'UN DE BIEN FINALEM...
ARRÊTE ÇA, TU VEUX.
JE TE TROUVE BIEN SEREIN MALGRÉ CE QU'IL T'A FAIT...
OUBLIE ÇA, S'IL TE PLAÎT...
Y A PAS À DIRE...
JE SUIS D'ACCORD AVEC TOI.
QUAND TU M'OUVRES MON ONIGIRI, C'EST TOUJOURS UN RÉGAL.
HA
HA
HA
C'EST PAS FACILE D'AVOIR UN PETIT-AMI AUSSI GENTIL.
!!
QU'EST-CE QUE...
T'ES VENU FOUTRE ICI ?!
...
CALME-TOI, C'EST PAS POUR ÇA.
GRO
OOO
OOOH
JE SUIS JUSTE VENU VOUS PRÉSENTER MES EXCUSES.
ET AVEC UNE BOÎTE DE GÂTEAUX, S'IL VOUS PLAÎT !
POF

EN TOUT CAS...
ESSAIE DE NE PLUS JAMAIS T'APPROCHER DU VIOC.
SCRATCH
SCRATCH
TIENS.
NICKEL
TIENS.
MERCIII !
JE NE TE CROIS PAS QUAND TU DIS QUE ÇA VA ALLER.
JE NE TE CROIS PAS QUAND TU DIS QUE ÇA VA ALLER.
BOUH...
PAS UNE SEULE SECONDE !
JE VOIS...
OUI... PARDON.
MAIS JE NE SAIS PAS...
ON AURAIT DIT QU'ANJÔ-SENSEI VOYAIT QUELQU'UN D'AUTRE À TRAVERS MOI.

HAA
FOUAH
HA
HAA
Je veux m'offrir à toi et rien qu'à toi, corps et âme.
IZUMI-KUN...
OUI ?
HAA...
DIS...
HUM ?
HAA...
FROUTCH
FROUTCH
LAISSE-MOI T'APPARTENIR POUR TOUJOURS.
HAA
C'EST ÉVIDENT...
HAA
JE VAIS TE GARDER POUR MOI SEUL POUR TOUJOURS.
C'est vraiment un amour.

MAIS JE VAIS LE FAIRE.
IZUMI-KUN...
HAA...
HAA...
JE VAIS TE METTRE SENS DESSUS DESSOUS...
HÉ HÉ
TELLEMENT JE VAIS ÊTRE DOUX AVEC TOI.
SMACK
IZUMI-KUN...
FOUAH
IZUM...
JE T'AIME, SATOSHI-SAN.
TU ES VRAIMENT CE QUE J'AI DE PLUS PRÉCIEUX.
HN...
HAOUH...
SLURP
Même chose pour moi...
Izumi-kun
OUUU... HN
SWIP
HN...
HN
HN

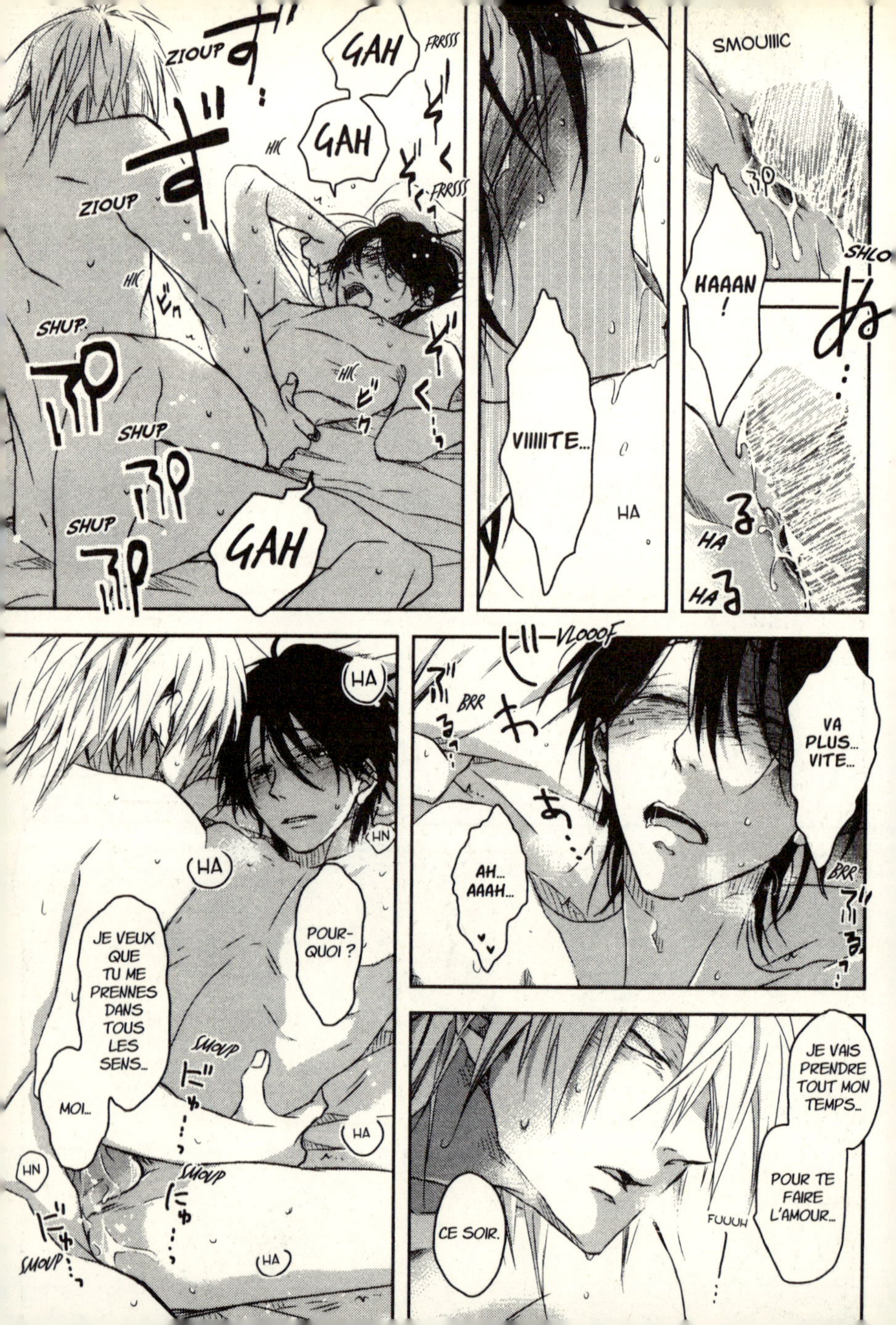
SMOUIIIC
SHLO
HAAAN !
HA
HA
VIIIIITE...
HA
ZIOUP
GAH
FRRSSS
GAH
HIC
FRRSSS
ZIOUP
HIC
SHUP.
HIC
SHUP
SHUP
GAH
VLOOOF
BRR
VA PLUS... VITE...
AH... AAAH...
BRR
JE VAIS PRENDRE TOUT MON TEMPS...
POUR TE FAIRE L'AMOUR...
FUUUH
CE SOIR.
HA
HN
HA
POURQUOI ?
JE VEUX QUE TU ME PRENNES DANS TOUS LES SENS...
MOI...
SMOUP
HA
HN
SMOUP
SMOUP
HA

FLOTCH
FLOTCH
FLOTCH
FLOTCH
AH... AH...
HAA
HAA
HAA
FIUUUT
FIUUUT
FLOTCH
FLOTCH
OUI, LÀ...
C'EST BON !
AH
OUI... JE SAIS BIEN...
TOUT ÇA.
POC
HA !
HA !
HIC
HIC
JE FROTTE LÀ...
POC
POC
COMME ÇA...
POC
AH AH AH
IZUMI...
KUN...
ÇA... IRA...
METS-LA-MOI...
HA
HA

JE SUIS UN IDIOT...
JE SUIS UN MEC. ALORS, JE ME SUIS DIT...
QUE ÇA IRAIT MIEUX APRÈS.
MALGRÉ ÇA, JE VOULAIS PAS...
C'ÉTAIT PAS POSSIBLE ...
JE NE PEUX PAS LE FAIRE AVEC UN AUTRE, C'EST COMME ÇA.
EXCUSE-MOI... MERCI...
MERCI... D'ÊTRE VENU.
GRIIIP
IZUMI-KUN... J'AI ENVIE...
JE VEUX QUE TU ME PRENNES DANS TOUS LES SENS...
JE VEUX N'APPARTENIR QU'À TOI...
CORPS ET ÂME...
J'Y COMPTE BIEN.

C'EST LA PREMIÈRE FOIS QUE JE VIENS CHEZ TOI.
C'EST TRÈS PROPRE.
MOI, JE SUIS LITTÉRALEMENT INCAPABLE DE RANGER...
GATCHAK
PAS BESOIN DE JOUER LA COMÉDIE AVEC MOI.
J'AI PAS ENVIE QUE TU TE FORCES, LÀ.
OUI...
OK...
DÉSO...
C'EST BON, J'TE DIS...
TU MENS ENCORE, LÀ.
FROSH
OUI...
PARDON...
FUH

SBAM
PFFF...
J'AI PERDU.
TCHIK
ALORS IL SUFFISAIT...
DE S'OFFRIR CORPS ET ÂME...
Je t'aime...
Anjô-kun
PARDONNEZ-MOI...
SENSEI

ALLEZ...
ÉCOUTE UN PEU LES CONSEILS DE TES AÎNÉS...
NON, DÉSOLÉ.
TU NE ME FRAPPES PAS ?
CLAC
MAIS...
JE NE ME RETIENDRAI PAS LA PROCHAINE FOIS.
ÇA M'EM-BÊTERAIT, C'EST SÛR.
SATOSHI-SAN A SUPPORTÉ TOUT ÇA POUR MOI.
C'EST PAS GRAND-CHOSE À CÔTÉ.
GRIIIK

JAMAIS...
JE NE FERAIS PASSER QUOI QUE CE SOIT AVANT LUI.
ON Y VA, SATOSHI-SAN.
NON...
C'EST IMPORTANT POUR TOI.
CE N'EST PAS SI SIMPLE.
JE VEUX QUE TU PENSES SÉRIEUSEMENT À TON AVENIR.
NE LE GÂCHE PAS POUR ÇA...
OK. MERCI, SATOSHI-SAN.
MAIS C'EST MOI QUI DÉCIDE DE CE QUI EST IMPORTANT OU NON.

SATOSHI-SAN
HUM...
OUI...
FRAC
JE VAIS TE DIRE UN TRUC, POUR QU'IL GARDE LA TÊTE HAUTE.
C'EST POUR TOI QU'IL ÉTAIT EN TRAIN DE FAIRE ÇA.
PFF... C'ÉTAIT DONC ÇA...
C'EST POUR LE BRILLANT AVENIR QUI S'OFFRE À TOI EN TANT QU'ÉLITE.
ALORS, QU'EST-CE QUE TU DÉCIDES?
TU VAS RUINER TOUS SES EFFORTS ?
TOCARD ...
SI TU VEUX M'ÉCRA-SER, VAS-Y.
J'M'EN TAPE.
TU MANQUES PAS D'AU-DACE.

TOC
TOC
ANJÔ-SENSEI...
JE SUIS SÛR QUE SATOSHI-SAN EST AVEC VOUS.
OUVREZ SI VOUS NE VOULEZ PAS QUE J'EXPLOSE LA PORTE.
FAUDRAIT PAS QUE JE TAPE UN SCANDALE, QUAND MÊME.
FUH...
SWIP
IZUMI... KUN...
CLAC
VAS-Y, ENTRE.
TU ARRIVES UN PEU TARD.
ÇA ME FILE LA GERBE DE VOIR À QUEL POINT J'AI ÉTÉ LENT À LA DÉTENTE.

NON...
ATTENDEZ, S'IL VOUS PLAÎT...
JE VAIS...
VOUS LE FAIRE AVEC LA BOUCHE !
HAA...
AVEC...
LA BOUCHE...
Non, je peux pas... Comment faire ?
JE...
JE VOUS EN PRIE...
PLAÎT...
ARRÊTEZ, S'IL VOUS...
Comment m'en sortir ?
Je suis un idiot...
JE VOUS EN...
SUP-PLIE...
SHWIP
JE RENTRE.
RE-LÂCHE-TOI.
GN
GN
HI...
Ça ne va pas du tout... Tout ça...
GN

CLANG
IL VAUT MIEUX QUE TU RESTES AVEC MOI.
JE NE SAIS PAS À QUEL POINT IL PRENAIT SOIN DE TOI...
SEN... SEI ?
MAIS J'AI CE QU'IL FAUT POUR TE RENDRE DEUX FOIS PLUS HEUREUX QUE LUI.
MAINTENANT, JE PEUX LE FAIRE.
AUJOURD'HUI, ON VA JUSQU'AU BOUT.
JE NE TE BRUSQUERAI PAS...
JE SERAI DOUX.
COMME UN PETIT-AMI...
JE VAIS TE FAIRE L'AMOUR.

Dites-moi... que je rêve... là !
SMACK
IL EST SI IMPORTANT QUE ÇA À TES YEUX ?
Izumi-kun...
Ça va aller. C'est juste un mauvais moment à passer...
SMACK
SMACK
ONOZUKA-KUN...
ROMPS AVEC LUI.
QUE ?
SI TU LE FAIS. TU LE PROTÉGERAS...
ET TU SERAS SOULAGÉ.

DIS DONC... JE TROUVE QUE SATOSHI N'EST PAS SOUVENT AU BUREAU EN CE MOMENT.
AUJOURD'HUI, NON PLUS.
HÉ
IZUMIIII
AH, C'EST TOI MINEO...
YO
EH BÉ...
DÉSOLÉ, CE N'EST QUE MOI...
LE MAÎTRE N'A PAS LA FORME NON PLUS, ON DIRAIT.
TU AS VU SATOSHI-SAN ?
HEIN ?
OUAIS, Y A DEUX MINUTES.
IL AVAIT L'AIR ENCORE PLUS CHÉTIF QUE D'HABITUDE.
IL MANGE RIEN, C'EST SÛR.
AH ! ET PENDANT QU'ON PARLAIT, IL A ÉTÉ APPELÉ PAR ANJÔ-SENSEI.
SI TU LE CHERCHES, IL DOIT ÊTRE AVEC LUI.
AU FAIT, C'EST VRAI, CETTE RUMEUR SUR ANJÔ ?
EN TANT QUE MAÎTRE, TU DEVRAIS FAIRE GAFFE QU'ONOCCHI SE FASSE PAS BECTER ! LA BLAGUE
Anjô...
TOUT SEUL
DISPARU.
HEIN ? IZUMI-SAN ?

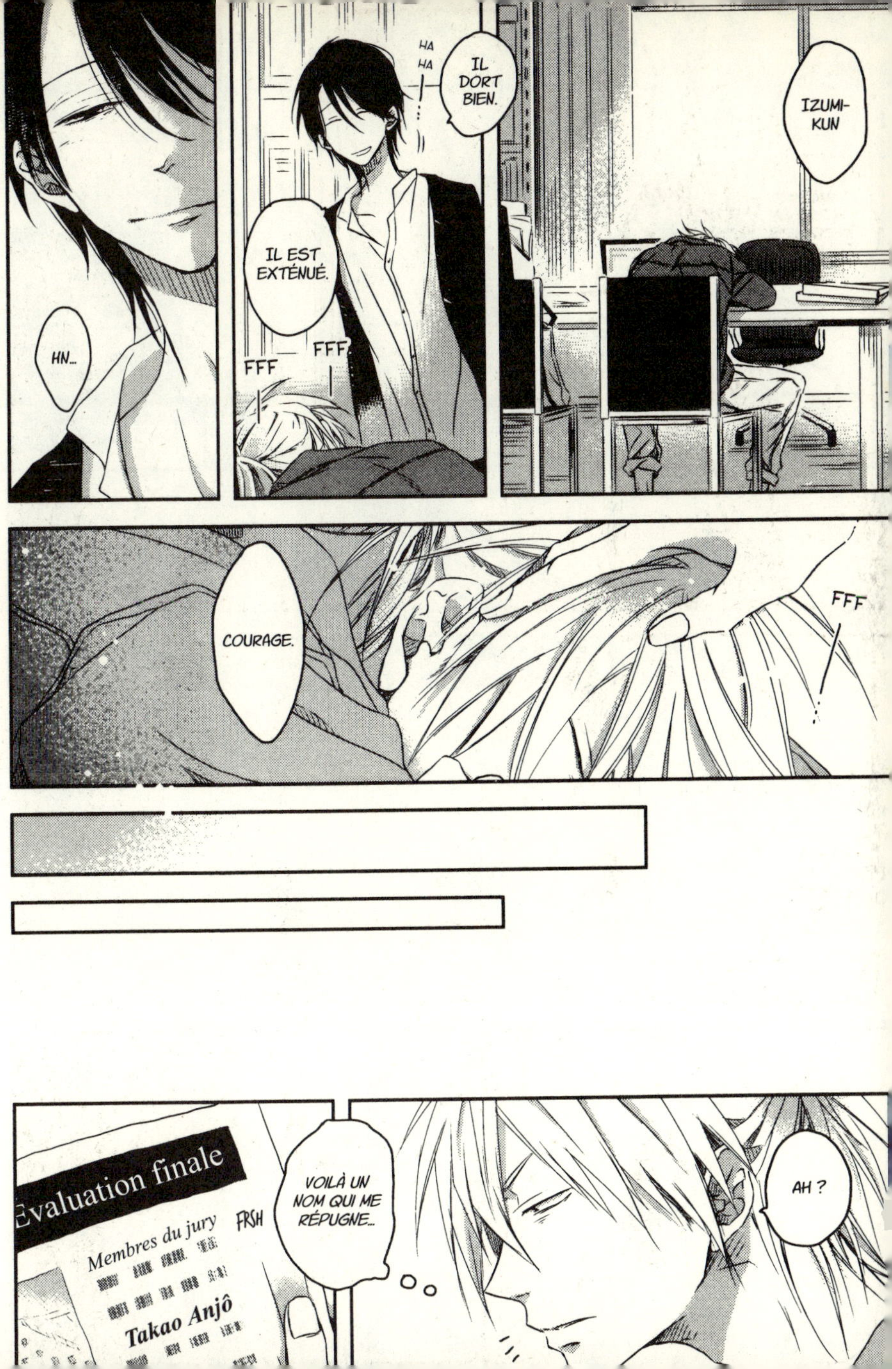
IZUMI-KUN
IL DORT BIEN.
HA HA
IL EST EXTÉNUÉ.
FFF
FFF
HN...
FFF
COURAGE.
AH ?
VOILÀ UN NOM QUI ME RÉPUGNE...
FRSH
Evaluation finale
Membres du jury
Takao Anjô

VRR
VRR
Appel
Izumi-kun
VRR
VRR
NE T'ARRÊTE PAS...
ET AJOUTE UN DOIGT.
VRR
HA
SI TU ARRIVES À JOUIR COMME ÇA, JE TE LAISSE PARTIR POUR AUJOURD'HUI.
HA
VRR
HA
Ça va aller.
FUH...
SPLOTCH
AH
SPLOTCH
C'est pas grave.
SPLOTCH
AH
AH
SPLOTCH
VRR
SPLOTCH
AH
CLAC
AH...

HN...
BRR
HA
SHOUP
HA
VRR VRR VRR VRR
HA
SHOUP
SHOUP
GH... FUH...
SHOUP
SHOUP
SHOUP
SHOUP
VRR
VRR
PFF...
VRR
VRR
BOBOM
VRR
RE-GARDE...
ON DIRAIT QUE TU AS UN APPEL.
VRR
VRR
GROLL
HUUU
VRR
UUM
HA...
QUE ?
VRR
VRR
AH...
VRR

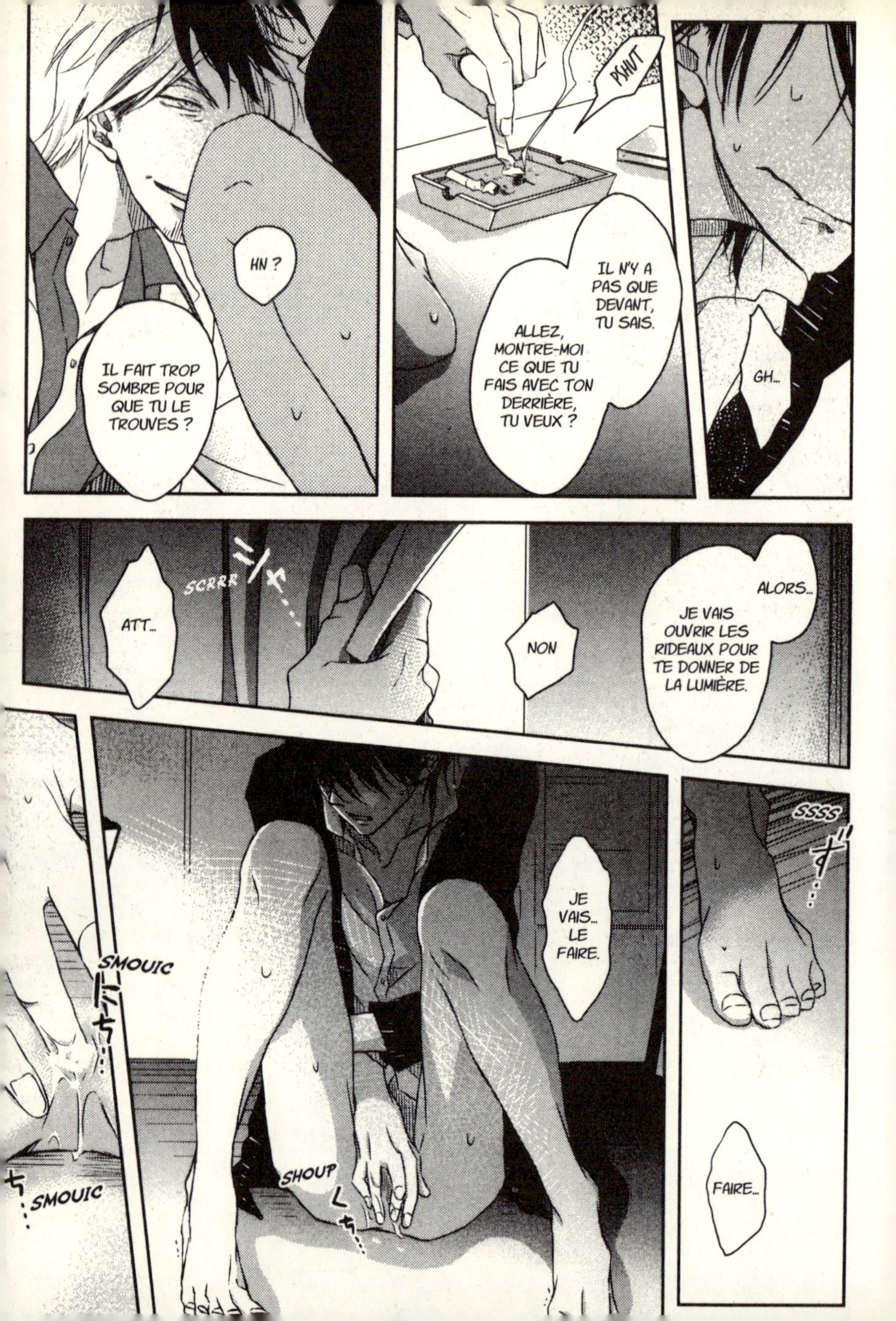
GH...
PSHUT
IL N'Y A PAS QUE DEVANT, TU SAIS.
ALLEZ, MONTRE-MOI CE QUE TU FAIS AVEC TON DERRIÈRE, TU VEUX ?
HN ?
IL FAIT TROP SOMBRE POUR QUE TU LE TROUVES ?
ALORS...
JE VAIS OUVRIR LES RIDEAUX POUR TE DONNER DE LA LUMIÈRE.
NON
SCRRR
ATT...
SSSS
FAIRE...
JE VAIS... LE FAIRE.
SHOUP
SMOUIC
SMOUIC

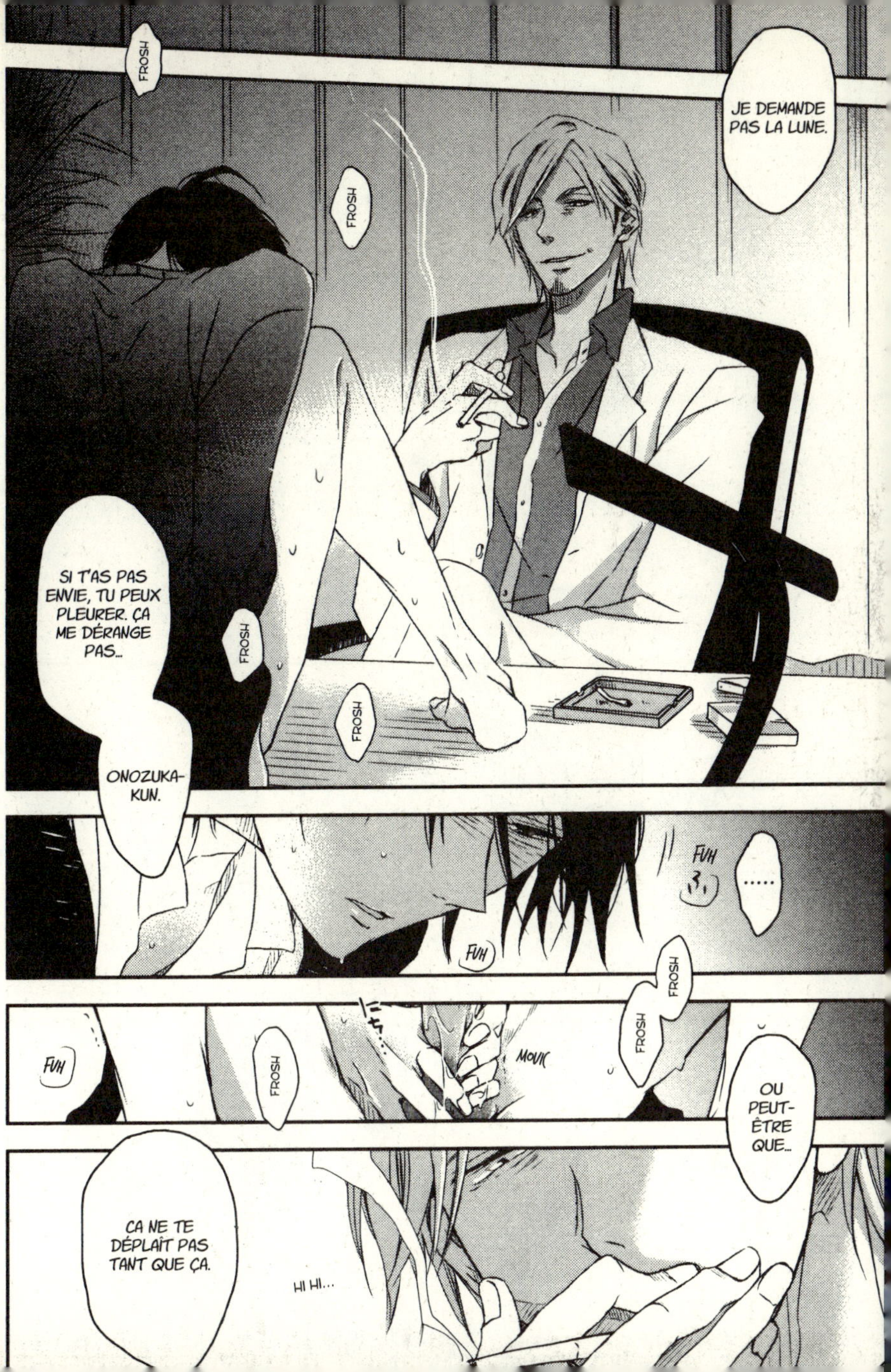
JE DEMANDE PAS LA LUNE.
FROSH
FROSH
SI T'AS PAS ENVIE, TU PEUX PLEURER. ÇA ME DÉRANGE PAS...
FROSH
FROSH
ONOZUKA-KUN.
.....
FUH
FUH
FROSH
FROSH
OU PEUT-ÊTRE QUE...
MOUIC
FROSH
FUH
ÇA NE TE DÉPLAÎT PAS TANT QUE ÇA.
HI HI...

SATOSHI-SAN...
TU AS QUAND MÊME L'AIR UN PEU ABATTU.
J'AI JUSTE FAIT UNE NUIT BLANCHE.
QUANT AU PROF, IL EST EN SUÈDE JUSQU'À LA SEMAINE PROCHAINE POUR UNE ÉTUDE DE TERRAIN.
AH OUI ! COMME L'ANNÉE DERNIÈRE.
IL FAUT DIRE QUE C'EST UN PAYS TRÈS INTÉRESSANT À ÉTUDIER DANS NOTRE DOMAINE.
NE FORCE PAS TROP, S'IL TE PLAÎT.
DE JOUR COMME DE NUIT BIEN SÛR.
SI TU TOMBES MALADE, JE SERAI SUR TON DOS EN PERMANENCE.
T'IN-QUIÈTE.
ON NE DIRAIT PAS MAIS JE SUIS PLUTÔT ROBUSTE.
ÉLEVÉ À L'AIR DE LA MONTAGNE !
ET DE TON CÔTÉ, TOUT EST BON POUR LE JURY FINAL ?
FAIS ATTEN-TION À TA SANTÉ.

C'est juste...
Un mauvais moment à passer.
Ça va aller.
SPLITCH
C'est pas grave.
SPLITCH
SPLITCH
SAN...
SATOSHI-SAN ?
HA !
QUE ?
AH
PARDON, TU DISAIS ?
HN...
BEN... JUSTE QUE JE N'AI PAS VU NISHIJIMA-SENSEI DEPUIS 2-3 JOURS...
MAIS DIS-MOI... TOUT VA BIEN ? TU AS L'AIR COMPLÈTEMENT ABSENT.

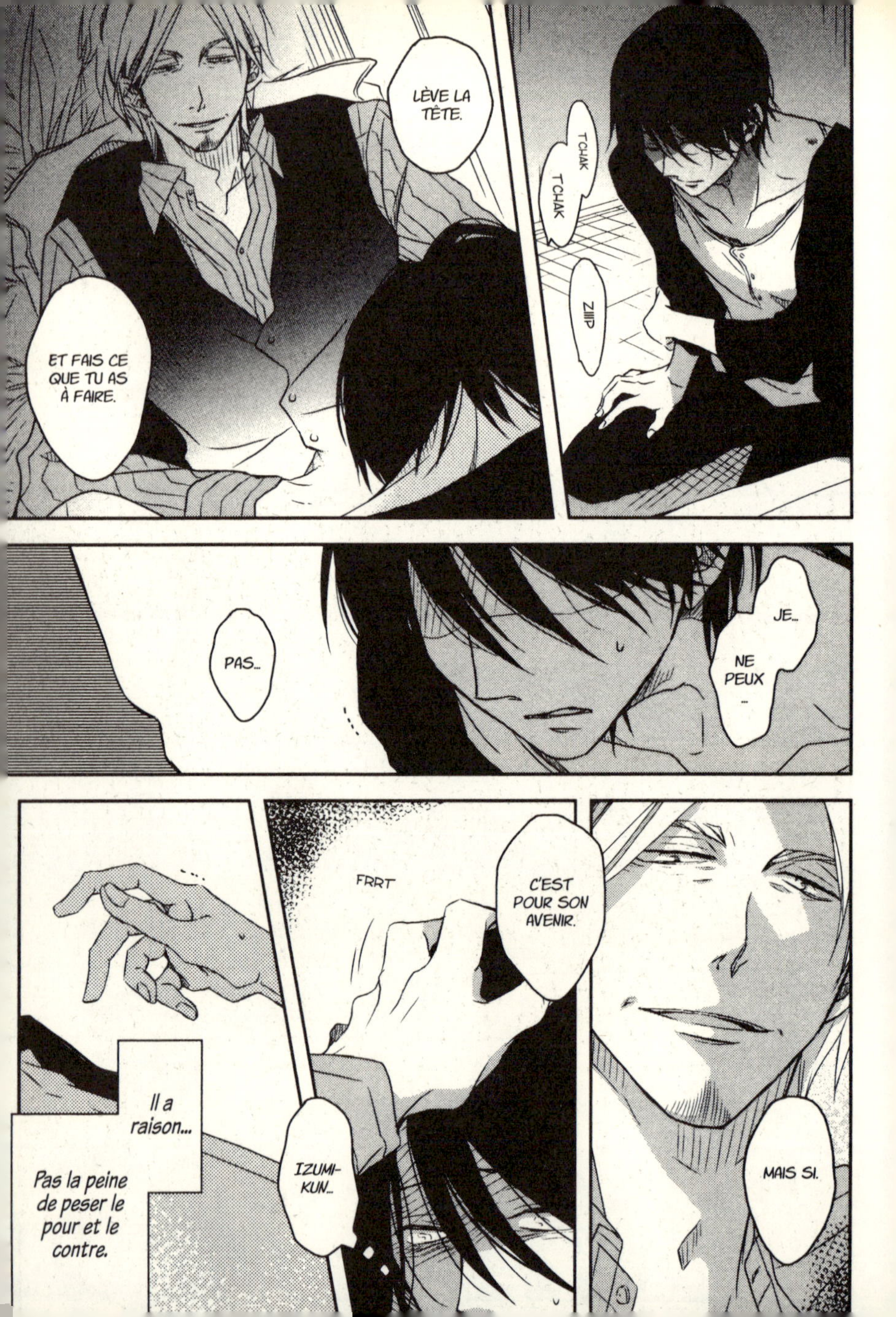
TCHAK
TCHAK
ZIIIP
LÈVE LA TÊTE.
ET FAIS CE QUE TU AS À FAIRE.
JE... NE PEUX ...
PAS...
C'EST POUR SON AVENIR.
MAIS SI.
FRRT
IZUMI-KUN...
Il a raison...
Pas la peine de peser le pour et le contre.

C'EST BEAU DE VOIR UN JEUNE DONNER SON MAXIMUM.
ÇA M'A MÊME INSPIRÉ. JE ME SUIS PROPOSÉ COMME JURÉ POUR LE CONCOURS.
TU PIGES ?
C'EST FACILE D'ÉTOUFFER UN JEUNE TALENT DANS L'ŒUF.
SCRIIIT
MAIS POUR-QUOI...
PARCE QUE...
TU M'EXCITES TERRIBLE-MENT.
AP-PROCHE.
JE NE TE LAISSERAI PAS T'ENFUIR, CETTE FOIS.

NON… ÇA, C'EST…
HIRASAKA-KUN… C'EST ÇA ?
ALLONS PARLER DE LUI…
DANS MON BUREAU.
Takao Anjyô
HIRASAKA-KUN SEMBLE ÊTRE UN ÉLÈVE TRÈS BRILLANT.
J'AI VU SON NOM SUR LA LISTE…
DES SÉLECTIONS AU JURY FINAL DU CONCOURS DE PLANS D'HABITATIONS.
IL EST TRÈS FORT.
C'EST VRAI.
IL TRAVAILLE BEAUCOUP.

AH... BONJOUR.
EUH... VOUS VENEZ CHERCHER DES DOCUMENTS ?
NON. JE T'AI VU ET JE SUIS ENTRÉ.
COMME TON CHIEN DE GARDE EST PARTI, JE ME SUIS DIT QUE JE POURRAI T'AVOIR RIEN QU'À MOI.
PAM
PARCE QUE L'AUTRE JOUR, TU M'AS FILÉ ENTRE LES DOIGTS.
VOUS VOULIEZ ME PARLER ?
DÉSOLÉ MAIS QUAND J'AURAI TOUT RANGÉ...
HUUUM.
C'EST LUI QUI T'A FAIT ÇA AU COU ?
SWIIIP

POC
J'AI HONTE...
HAAA...
JE NE ME SAVAIS PAS AUSSI OBSÉDÉ...
ON DIRAIT QUE TU AS DES SOUCIS.
QUE ?
MON JOLI... AH NON ! C'EST «MON PAUVRE» QU'IL FAUT DIRE.
ANJÔ SENSEI...
BONJOUR, ONOZUKA-KUN.

SMACK
SMACK
IZU...
AAAH ! NON, FAUT PAS !!
BAM
WAAAH
QUOI ?!
J'ÉTAIS À DEUX DOIGTS DE ME LAISSER EMPORTER...
DÉSOLÉ...
PFFF
AH... NON
T'INQUIÈTE
ALLEZ... EXCUSE MAIS J'Y VAIS.
APPELLE-MOI SI TU AS UN PROBLÈME.
CLAC
SBAM
Se laisser emporter, hein...
DZIN
BLUUUSH
DÉSOLÉ, IZUMI-KUN...
MOI AUSSI, J'ÉTAIS À FOND...
POC

HUM ?
JE PEUX, SATOSHI-SAN ?
JE LE FAIS PARCE QUE J'AIME ÇA.
ET PUIS, JE NE VEUX DONNER MA PLACE À PERSONNE.
VOYONS...
MOI NON PLUS, JE NE VEUX PAS D'UN AUTRE MAÎTRE.
JE LE SAIS BIEN MAIS...
FRAC
WAH !
ATT...
SMACK
SMACK
GLOUPS
AH IZUMI-KUN...

T'ES DOUÉ !
BRAVO, IZUMI-KUN !
ENFIN...
ÇA SEMBLE PAS RÉEL...
MAIS JE SUIS CONTENT.
C'EST VRAI QUE L'ANNÉE EST BIENTÔT FINIE...
DU COUP, J'AI DEUX FOIS PLUS DE BOULOT AVEC L'EXAMEN FINAL DE LA FAC D'UN CÔTÉ ET LA PRÉPARATION DU CONCOURS DE L'AUTRE.
YES
JE DONNE TOUT.
ALORS, IZUMI-KUN...
JE VAIS ME DÉBROUILLER JUSQU'À CE QUE ÇA SE CALME POUR TOI.
HEIN ?
TU AS MIEUX À FAIRE QUE DE T'OCCUPER DE MOI, LÀ.
TU PEUX Y ALLER. C'EST BON, MAINTENANT.
MERCI DE M'AVOIR AIDÉ À RAPPORTER TOUT ÇA.

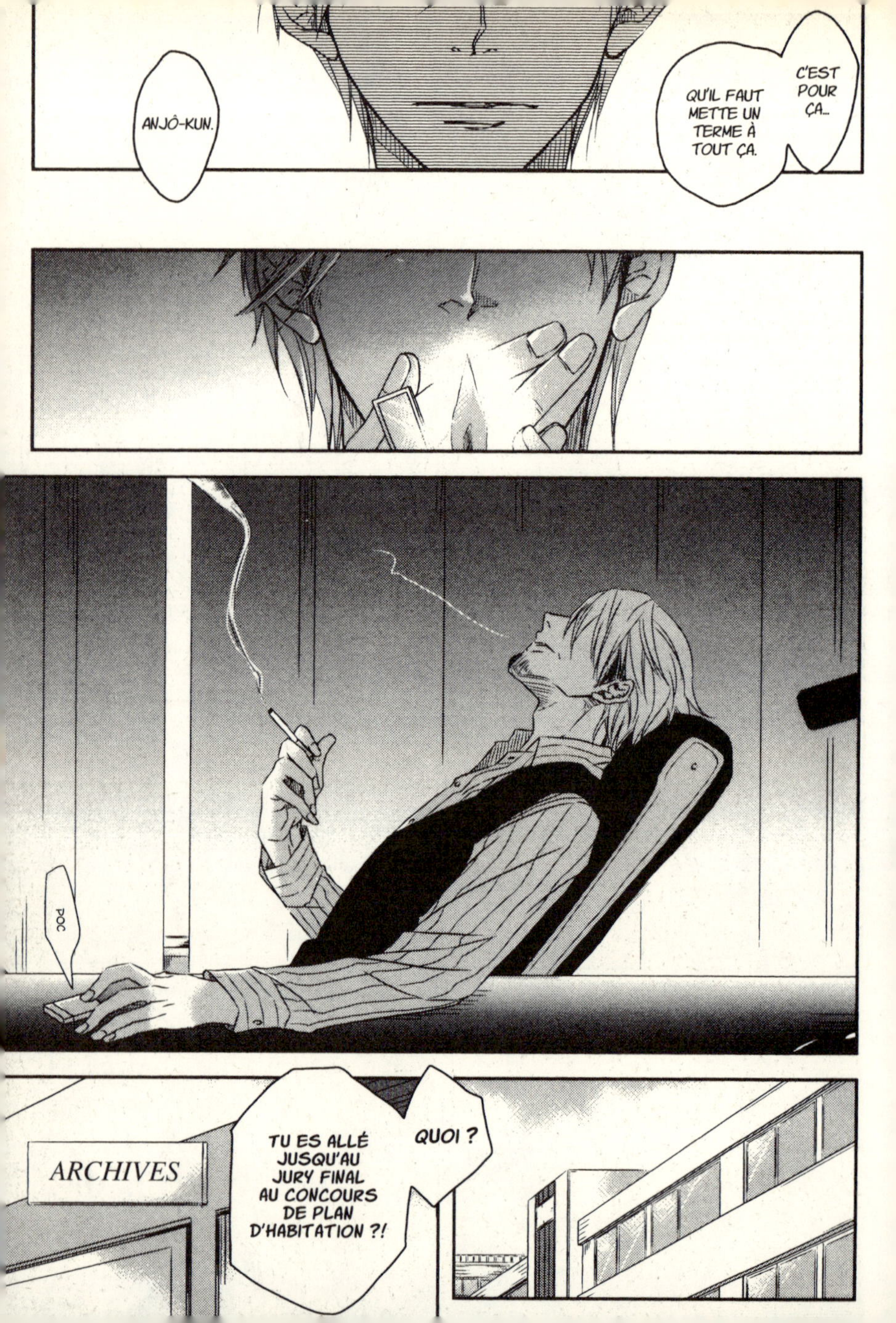
C'EST POUR ÇA...
QU'IL FAUT METTE UN TERME À TOUT ÇA.
ANJÔ-KUN.
POC
QUOI ?
TU ES ALLÉ JUSQU'AU JURY FINAL AU CONCOURS DE PLAN D'HABITATION ?!
ARCHIVES

SENSEI…
ÇA VEUT DIRE QUOI…
«C'EST FINI» ?
EH BIEN…
JE VAIS ME MARIER.
HEIN ?
TU ES UN EXCELLENT ÉLÈVE.
ET MOI…
JE NE SERAI QU'UNE GÊNE POUR TON AVENIR.

Mes habitudes avec mon petit ami

- Cas n°3 -

MERCI BEAUCOUP...
DE M'AVOIR INVITÉ.
HUM
DE RIEN.
MOI, JE TE CONSTRUIRAI UNE MAISON QUI TE PLAIRA ENCORE PLUS QUE CETTE CHAMBRE.
JE TE LE JURE.
TU VAS PERDRE, MONSIEUR LE FONDATEUR.
MOI ?
ALORS IL FAUDRA AUSSI UNE GALERIE ET UN ORGUE D'EAU...
COMME TU LES AIMES TANT.
C'EST ÉVIDENT
PARCE QUE TU SERAS LÀ TOI AUSSI, NON ?
ÉVIDEMMENT...
PERSONNE D'AUTRE NE POURRAIT S'OCCUPER DE TOI MIEUX QUE MOI.
OUI.
J'AI HÂTE D'Y ÊTRE ♪
END

POF
POF
JE ME SUIS DIT : « ÇA Y EST, C'EST ARRIVÉ !! »
DÉSOLÉÉÉÉ ! J'AI TOUT VU !!
CE MATIN TRÈS TÔT, VOUS AVEZ MIS LES DRAPS À LAVER !
REVIENS QUAND TU VEUX.
DE TOUTE FAÇON, JE PENSE QUE SATOSHI RÉSERVERA ENCORE LA CHAMBRE DE COURTISANE L'ANNÉE PROCHAINE.
HU HU
DE COURTISANE ?
OH, SATOSHI NE T'A PAS RACONTÉ...
L'HISTOIRE DE CETTE PIÈCE ?
C'EST POURTANT MARRANT.
NON, MAIS JE VIENS JUSTE DE COMPRENDRE...
J'EN ÉTAIS SÛR.
Une chambre de courtisane...
Je vois.
C'était l'exclusivité qu'il voulait.
ALLEZ, JE VAIS CHERCHER LA VOITURE.
SATOSHI-SAN

HIRASAKA-KUN
TIENS, UN PETIT CADEAU.
AH, ON EN A BU À L'APÉRITIF…
C'EST FAIT MAISON.
TU NOUS AS DIT QUE TU L'AVAIS AIMÉ, ALORS VOILÀ.
IL EST TRÈS BON ! MAIS VOUS AVEZ DÉJÀ TANT FAIT POUR MOI. CE N'ÉTAIT PAS LA PEINE…
C'EST À MOI DE TE REMERCIER.
J'AI CRU COMPRENDRE QUE TU T'OCCUPAIS DE SATOSHI.
IL S'EST BIEN LAISSÉ APPRIVOISER.
JE NE SAIS PAS SI C'EST LE BON TERME…
MALGRÉ LES APPARENCES…
IL N'OUVRE PAS SON CŒUR FACILEMENT.
J'AI ÉTÉ ÉTONNÉE…
MAIS…
QU'IL AMÈNE QUELQU'UN DANS SA PIÈCE.
JE NE CROYAIS PAS QUE VOUS ÉTIEZ PROCHES AU POINT DE SALIR LES DRAPS.

BLOP
HN
AH
BLOP
BRRR
HIC
HA...
FUH...
HA...
HAA...
AH...
GNIP
SATOSHI-SAN...
GN
SMACK
SMACK
HN...
ALLEZ...
VIENS...
GRAB
FAIS DE MOI...
CE QUE TU VOU-DRAS...

I...
ZU
MI
KU...
JE
JOU...
IIIIIS
SWIP
HAA
TU PEUX Y ALLER.
JE TE FERAI JOUIR AU-TANT QU'IL FAUDRA.
ET J'ÉJACULE-RAI AUTANT QU'IL FAUDRA.
SWIP
HAA
SWIP
HAA
SBAF
SATOSHI-SAN...
HN...
AOUH
PRENDS-LA... JUSQU'AU FOND.
SWIP
GAH
GAH
BRRR
AH !
HIC
HIC
BOBOM
PRENDS-MOI TOUT ENTIER...
HIC
AAAAAAAH
BABOM
BROOOM
BOBOM

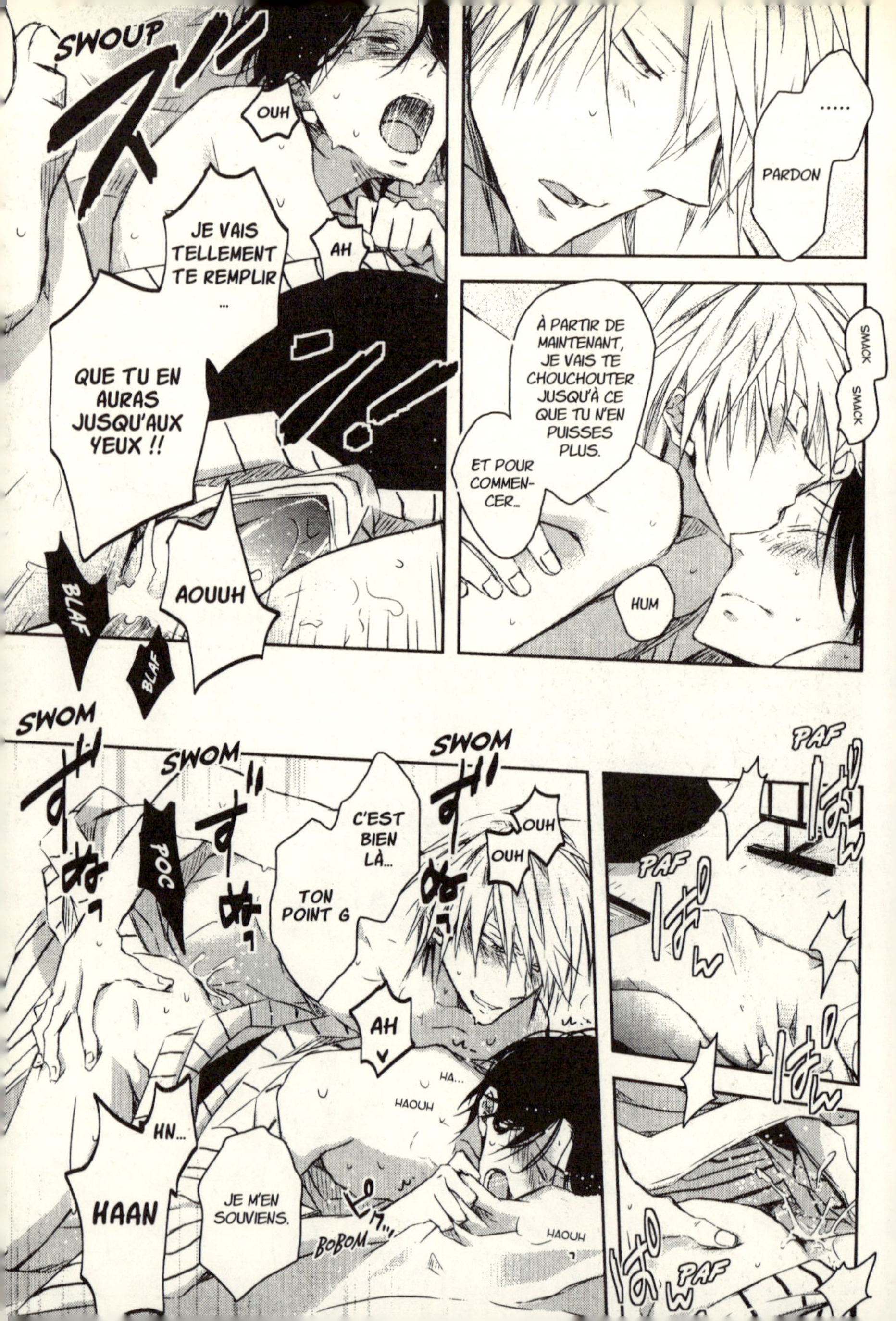
.....
PARDON
À PARTIR DE MAINTENANT, JE VAIS TE CHOUCHOUTER JUSQU'À CE QUE TU N'EN PUISSES PLUS.
SMACK
SMACK
ET POUR COMMENCER...
HUM
SWOUP
OUH
AH
JE VAIS TELLEMENT TE REMPLIR ...
QUE TU EN AURAS JUSQU'AUX YEUX !!
AOUUH
BLAF
BLAF
PAF
PAF
PAF
SWOM
OUH
OUH
C'EST BIEN LÀ...
TON POINT G
SWOM
POC
SWOM
AH
HA...
HAOUH
HN...
HAAN
JE M'EN SOUVIENS.
BOBOM
HAOUH

AH..
AH OUI...
OUI !
BOBOM
BRRR
SMOTCH
SHUP
BOBOM
SUBMERGÉ
AH...
SLUUURP
HIC
HAAA...
HAAA...
HIC
OUIIIIII
BOBOM
FUUH...
.....
LICK
UNE CAPOTE...
GNIP
NON... C'EST BON.
TU RIGOLES ?! TU VEUX ENCORE QUE J'ÉJACULE DEDANS ?
JE REVIENS TOUT D...
ARRÊTE AVEC ÇA !
JE VEUX...
DU PEAU CONTRE PEAU...
HA...
TU M'AS FUI PENDANT TOUT UN MOIS, QUAND MÊME...
HA...

HIC
AH
NON...
AT-TENDS !
FRAC
SMOTCH
かぁぁぁ…
BLUUUSH
AAAH... DÉSOLÉ...
REGARDE PAS...
FUH
TU AS JOUI EN ME SUÇANT ?
PLUS CHAUD QUE TOI, TU MEURS.
AH !
SHPOF
ÉCARTE LES JAMBES...
JE VAIS TE RENDRE LA PAREILLE.
GNIP
AH...
OUAH...
IZU...
MI...
KU...
WAH
PAS
LÀ
SHOUP
SHOUP
HAAN !
HAA !
GROLL

FRRT
VLOOOF
KH... HN
SMACK
SATOSHI... SAN
ENLÈVE-TOI
BRR
SMACK
JE VAIS... JOUIR !
SMACK
SHOUP
SHOUP
SHOUP
HÉ HO !
GLOP
GH...
GLOP
SPLOTCH
AAH ! NON !
T'ES PAS... OBLIGÉ !
SPLISH
SMOTCH
SPLISH
KOF
POUAAAH
PLOC
PLOC
MAIS JE ME FORCE ...
PAS DU TOUT.
HA
HA
ES-PÈCE DE...
AH !
CROK

HA...
JE VAIS PAS FAIRE DANS LA DENTELLE...
HA...
FOUAH !
JE ME SUIS TROP RETENU !
HA...
FRRT
HIC
JE VOIS...
ELLE EST ÉNORME...
HN...
HAM
MAIS...
TU N'ES PAS LE SEUL...
À ÊTRE À BOUT.
SLUUURP
NON...
FAIS PAS ÇA.
JE M'OCCUPE DE TOUT.
HN
HN...
FUH
HAM
IZUMI-KUN...
CARESSE...
MES CHEVEUX.
SHOUP
SHOUP
FUH

CLIIING
ALLEZ
DIS OUI...
JE PEUX VENIR... À CÔTÉ DE TOI ?
HN...
FUH
OUH...
FROSH
HN
SPLISH
HUUUM !
HA
SMOUIC
HA
HA...
SMOUIC
HN !

EUH
もじ
PARDON ?!
EUH
BEN
C'EST...
QUE...
À CAUSE DE MOI...
TU ES DANS CET ÉTAT...
DEPUIS UN MOIS ?
EUH
EH BEN DIS DONC !
WOUAH !
TROP BIEN !
BOUCHE BÉE
MAIS ALORS...
CE N'ÉTAIT QUE ÇA !
HA HA !
TROP MIGNON
うはぁ
OUAAAAH
OUUUF
TU SAIS...
MOI, JE PENSAIS QUE...
TU REGRETTAIS CE QUI S'ÉTAIT PASSÉ CE JOUR-LÀ.
ALORS, SI TU AS DES REMORDS...
ET QUE TU VEUX OUBLIER...
JE SERAIS TROP TRISTE...
MAIS J'AI REGRETTÉ !
ET C'EST TOUJOURS LE CAS !
ET MALGRÉ TOUT...
J'AI TOUJOURS ENVIE DE TE PRENDRE DANS TOUS LES SENS...
C'EST VRAI...
QUE ÇA M'A UN PEU SURPRIS...
MAIS L'IDÉE D'ÊTRE À TOI...
NE M'A PAS DÉPLU.

N'APPROCHE PAS, S'IL TE PLAÎT.
PARCE QUE...
JE BANDE, LÀ.
DEPUIS L'AUTRE FOIS...
J'AI ENVIE DE TOI EN PERMANENCE.
TCHIK
TCHIK
TCHIK
D'UN CÔTÉ, JE M'OCCUPE DE TOI...
ET DE L'AUTRE, JE NE PENSE QU'À TE FAIRE L'AMOUR.
AH... MON ESTOMAC...
FAUT PAS MANGER TROP GRAS APRÈS UNE NUIT BLANCHE.
TU BOSSES TROP... TIENS, UN MÉDOC ET DE L'EAU.
MERCI...
JE ME DÉGOÛTE MOI-MÊME À M'EXCITER TOUT SEUL COMME ÇA.
BEN OUI
MÊME QUAND JE ME BRANLE, JE PENSE À TOI.
PFFF
ÇA VA PAS ÊTRE POSSIBLE.
TE PRENDRE DE FORCE DANS UN LIEU IMPORTANT POUR TOI...
JE NE VEUX PAS FAIRE ÇA.
N'APPROCHE PAS, S'IL TE PLAÎT.
ÉCOUTE...
IZUMI-KUN
JE SUIS VRAIMENT DÉSOLÉ...
T'INQUIÈTE PAS, J'ARRIVERAI À ME RETENIR.
EN FAIT...
TU VOIS... MOI... AUSSI...
JE BANDE.

CHOQUÉ
J'AI... J'AI PLEIN DE BIÈRES !
¿QUUUOI ?!
FROSH
CLIIING
TU N'ES PAS DANS L'ESPRIT, LÀ !
ON SE MET À L'AISE ET ON PARLE DE TOUT ET DE RIEN.
NON, DÉSOLÉ.
CLANG
OK
POC
IZUMI-KUN
TU ME FUIS...
C'EST ÇA ?
CLANG
ÇA FAIT DÉJÀ UN MOIS.
CLING...
C'EST À CAUSE DE ÇA... N'EST-CE PAS ?
IZUMI-K...
KRII
SATOSHI-SAN !

TADAAA !
ARGH
LA DERNIÈRE...
ÉPREUVE !
ON DIRAIT UNE INVITATION...
CLING
AH ! LE VOILÀ, CE BRUIT...
CLANG
ON DIRAIT QUE LA PLUIE TOMBE.
IZUMI-KUN
IL SONNE...
L'ORGUE D'EAU.
CLING
Je vais le violer...
SATOSHI-SAN...
M'EN VEUX PAS.
JE VAIS DORMIR.
CLIIING

GRMBL
PLUS QU'UNE NUIT ET C'EST BON...
GRMBL
JE VAIS Y ARRIVER...
ET...
HOP !
SPLASH
SPLASH
WAH
WAH
OUI
IL SE RETOURNE.
HEIN ?
EH BIEN...
EH BIEN... ON SORT ?
JE TE FERAI VISITER APRÈS LE DÎNER.
CLIC
CLIC
TU AS PRIS BEAUCOUP DE PHOTOS.
WOUAH, LA CHARPENTE !
HAA...
DÉSOLÉ, J'ÉTAIS TROP À FOND.
HAA...
JE SUIS VRAIMENT CONTENT.
CETTE BÂTISSE, C'EST MON PATRIMOINE...
TANT MIEUX SI TU ES CONTENT.

MAMAN, Y A DES FEUILLES !
VIENS DANS LE BAIN, JE TE DIS !
GH...
BRR
NON, JE VAIS CRIER...
ILS VONT... ENTENDRE...
AH AH
DIS-MOI... SI TU VEUX QUE JE TE FASSE TAIRE.
HN !
SPLOTCH
SPLOTCH
SPLOTCH
HN !
SMOUTCH
HUM !
SMOUTCH
AH !
SMOUTCH
TU GÉMIS.
AH... HA !
SPLOTCH
NON...
EMB... RASSE...
MOI
PFOUAH
TU PRÉFÈRES PEUT-ÊTRE QUE...
LA FAMILLE D'À CÔTÉ ENTENDE TES GÉMISSEMENTS INDÉCENTS ?
SPLOTCH
SPLOTCH
SPLOTCH
RETOUR AU PRÉSENT
NE NAGE PAS DANS LE BAIN !!
SPLOTCH
HA HA HA !
Ha ha ! Les petits garnements
À force de me retenir...
FUH
FUUUH...
Je me dégoûte...
Mes fantasmes deviennent carrément pervers.

IZ...
IZUMI-KUN...
ARRÊTE
BRR
HEIN ? TU PEUX RÉPÉTER ?
COUIC COUIC
SHLINK
TU ME CHAUFFES ET APRÈS TU VEUX PLUS ?
SHLINK
J'AI PAS...
FAIT EXPRÈS...
HIC
GROLL GROLL
TU AS OUBLIÉ QUE JE T'AVAIS VIOLÉ, SATOSHI-SAN ?
TU SAIS QUE TU ME FAIS BANDER !
SPLOTCH
ET ÇA, TU T'EN SOUVIENS ?
C'EST CE QUI T'A TRIFOUILLÉ LÀ-DEDANS L'AUTRE JOUR.
AH
HIC
GNIP
WOUAH !
C'EST PARCE QUE TU M'AGUICHES QU'ELLE GROS-SIT AUTANT.
AH...
BOBOM
PAS DE-DANS...
SI TU VEUX PAS QUE JE TE LA METTE...
BOBOM
GNIP
BLOQUE-LA ENTRE TES CUISSES.
SWIIP
GNIIIP
SWOP
GARDE-LES BIEN SERRÉES.
SI TU TE RELÂCHES, ÇA POURRAIT MALENCON-TREUSEMENT RENTRER À L'INTÉRIEUR !
SHLOUP
SHLOUP
SHLOUP
SWOP
SWOP
SWOP
HN !
FUUUH
FUUUH
HUUUM !

BOBOM
OUAIS
BOBOM
C'ÉTAIT À LA MER…
J'ÉTAIS ENFANT. LES VAGUES M'ONT EMPORTÉ ET JE ME SUIS PRIS UN ROCHER…
GRMBL
WAH, ÇA DOIT FAIRE MAL…
ET LÀ AUSSI ?
GRMBL
WAAAH
JE PEUX PAS VOIR MAIS JE PENSE QUE C'EST ÇA.
EH BEN !
NON
STOP
HÉ !
GRAH…
SATSHI-SA…
ME TOUCHE PAS !
BOBOM
BOBOM
HA HA !
STAP STAP STAP
ON NE COURT PAS ! C'EST DANGEREUX !
SSS
C'EST UNE FAMILLE À CÔTÉ.
Y A DE L'ANIMATION.
PLOC
NON…
SPLOTCH

SHTACK
JE VIENS TE REJOINDRE.
FWIP
HIROFUMI M'A SAUVÉ DE LA DISCUSSION SANS FIN AVEC MA SŒUR.
JE SUIS CONTENT QU'ON PUISSE SE BAIGNER ENSEMBLE.
ÇA AURAIT ÉTÉ DOMMAGE.
POC
HIROFUMI-SAN !!
!!
Ça craint... Le kimono de bain, c'est encore plus dur que ce que je pensais !!
AH HA HA
Mais ça va, il va l'enlever pour entrer dans l'eau.
BOBOM
Non ça va pas ! Faut pas qu'il se déshabille !!
C'EST VRAI !
Il est juste derrière moi !!
IZUMI-KUN ?
TU AS UN COUP DE CHAUD ?
FLAP
FLAP
NON... Y A AUCUN PROBLÈME...
RÉSISTE !
AH
GRIP
LÀ...
GLOUPS
SCOUIC
C'EST QUOI ?
UN BOBO ?
HIIII !!

AAAH !
JE NE SAIS PAS SI C'EST BIEN OU PAS MAIS JE N'AI RIEN DIT POUR LE BAIN TOUS LES DEUX...
JE SUIS UN ANGE DE PURETÉ...
FAUT QUE JE ME MAÎTRISE JUSQU'À DEMAIN POUR QU'IL N'ARRIVE RIEN.
Quand il m'a invité à venir ici, je me fichais bien de me retrouver dans ce genre de situations.
Refuser n'était pas une option pour moi.
ÇA ME DONNE L'IMPRESSION D'ÊTRE QUELQU'UN DE SPÉCIAL POUR LUI...
PLOC
J'ÉTAIS JUSTE HEUREUX, COMME UN GOSSE...
MAIS LOIN D'IMAGINER UNE AUBERGE AUSSI CLASSE.
PFUUUH
QUI DIT AUBERGE, DIT KIMONO DE BAIN...
EST-CE QUE JE VAIS POUVOIR ME RETENIR EN LE VOYANT LÀ-DEDANS ?
TOC
TOC
IZUMI-KUN ?
Que ?
Sato...
TU ES LÀ... N'EST-CE PAS ?
JE PEUX ENTRER ?
SPLASH
OU...
OUI !
Mais que... Non ! Att...

*NdT : bain chaud en extérieur.

SATOSHI-SAN...
DIS-MOI SI JE ME TROMPE MAIS...
CETTE CHAMBRE EST UNE MERVEILLE.
CE N'EST PAS UNE QUESTION DE CONSTRUCTION OU DE MATÉRIAUX...
C'EST QUELQUE CHOSE...
DE PLUS SPÉCIFIQUE...
TU M'IMPRESSIONNES.
LE FONDATEUR DE L'AUBERGE AVAIT CONSTRUIT CES APPARTEMENTS POUR QUE SA MAÎTRESSE SOIT TOUJOURS AUPRÈS DE LUI.
ELLE S'APPELAIT YUKARI.
LE FONDATEUR AURAIT DONNÉ SON NOM À L'AUBERGE.
WOUAAAH
C'ÉTAIT QUELQUE CHOSE, LES LIBERTINS D'AUTREFOIS !
C'EST ÇA, LA GALANTERIE ?
SA MAÎTRESSE N'AVAIT PAS LA SANTÉ...
LE FONDATEUR VOULAIT LA FAIRE SOIGNER DANS CETTE VILLE THERMALE.
MAIS ELLE EST MORTE AVANT LA FIN DES TRAVAUX.
J'AIME CETTE PIÈCE DEPUIS TOUJOURS.
ON Y RESSENT LES SENTIMENTS DE CELUI QUI L'A CONSTRUITE.
ON A L'IMPRESSION QU'ELLE NOUS PROTÈGE.

SALUT !
BIENVENUE À LA MAISON.
JE TE SIGNALE QUE TON PORTABLE N'A PLUS DE BATTERIE ENCORE UNE FOIS !
MA BATTERIE ?
AAAAH...
CLANG CLONG
C'EST PAS VRAI ! JE VOULAIS QUE TU ME RAMÈNES UN GÂTEAU ROULÉ DE LA BOUTIQUE DEVANT LA GARE !
ILS ONT LA MÊME TÊTE.
JE TE PRÉSENTE ...
ENCHANTÉ !
MA SŒUR, MINORI...
ET SON MARI, HIROFUMI.
JE SUIS LE KÔHAI DE SATOSHI-SAN. MERCI DE VOTRE HOSPITALITÉ.
CE N'EST PAS UN ROULÉ MAIS PRENEZ CECI...
SI ÇA VOUS VA.
C'EST TRÈS GENTIL DE VOTRE PART.
SATOSHI
JE T'AI RÉSERVÉ LA FAMEUSE CHAMBRE.
VA TE REPOSER, HIRASAKA-KUN
OOOH
UNE DACQUOISE ! J'ADORE ÇA !
IL EST DOUÉ, TON KÔHAI, SATOSHI-KUN.
IL A RÉUSSI À CALMER MINORI.
HA HA ! VOUS M'EN VOYEZ RAVI !
OUH LÀ LÀ, IZUMI-KUN...
DÉSOLÉ

Elle a été fondée à l'époque Meiji...
紫屋
L'auberge traditionnelle Yukariya
C'EST LÀ QUE VIT...
TA FAMILLE ?
TRUC DE OUF
OUI.
TU ES LE FILS AÎNÉ, C'EST ÇA ?
TU VAS REPRENDRE LE FLAMBEAU ?
AH ÇA ? NON, NON.
C'EST MA GRANDE SŒUR ET SON MARI QUI ONT PRIS LA SUITE.
FIUUUU
GRÂCE À EUX, JE PEUX ME CONSACRER À MES ÉTUDES.
DISONS QUE SI MES RECHERCHES POUVAIENT UN JOUR CONTRIBUER À L'ESSOR DU TOURISME ICI, J'AURAIS REMPLI MA PART DU MARCHÉ.
VAS-Y, ENTRE.
VAUT MIEUX QUE JE SOIS POLI EN ARRIVANT, NON ?
TU EXAGÈRES ! SATOSHI !!

← À FOND DEDANS.
C'EST QUELQUE CHOSE QUI M'ATTIRE.
SÛREMENT LE TRUC CLASSIQUE DES JAPONAIS POUR LA NOSTALGIE.
PRATIQUEMENT TOUTE MA FAMILLE VIT ICI. JE N'AI PERSONNE À LA CAMPAGNE.
FLAP FLAP
JE RÊVE D'UNE MAISON À GALERIE D'OÙ J'ÉCOUTERAI L'ORGUE D'EAU DU JARDIN ...
C'EST UN PEU VIEUX-JEU.
QUE DIRAIS-TU DE VENIR CHEZ MOI ?
HEIN ?
IL Y EN A UN DANS LA MAISON...
MAIS IL FAUT QU'IL PLEUVE POUR QU'IL MARCHE.
UN ORGUE D'EAU.
LA MAISON DOIT ÊTRE AUSSI ANCIENNE QUE CELLES DE CE RECUEIL.
住居スタイル
Styles d'habitats
古民家
ALLEZ
VIENS, IZUMI-KUN.

AH
N... NON
C'EST JUSTE QUE TU AS DU THÉ DANS LES CHEVEUX.
?
AAAH...
LAISSE TOMBER LE MÉNAGE.
REGARDE PLUTÔT DANS MON SAC.
MINEO A RAMENÉ UN TRUC RÉGIONAL POUR TOI.
J'AI EU CHAUD...
UN CADEAU ?
IL ARRIVE...
POUR ONOCCHI
Thé vert étuvé
PILE AU BON MOMENT !
C'EST VRAI, TACHIBANA-KUN VIENT DE SHIZUOKA. C'EST SUPER ! IL FAUDRA QUE JE LE REMERCIE.
JE SUIS UN HOMME COMBLÉ
PAS LA PEINE.
EN CE MOMENT, IL EST BEAUCOUP TROP JOYEUX. ÇA M'AGACE.
TADAAAAAM
TIENS ?
Styles d'habitats
JE PEUX REGARDER, IZUMI-KUN ?
VAS-Y.
LES MAISONS FAMILIALES TRADITIONNELLES. SYMPA !
C'EST SUR ÇA QUE PORTE L'EXAMEN FINAL ?
FLAP
NAN, C'EST SUR LES FONDATIONS EN CONSTRUCTION ET L'HABITAT EN GÉNÉRAL.
JE VEUX ME SPÉCIALISER SUR LA MAISON JAPONAISE APRÈS.

DÉSO-LÉÉÉ...
JE FERAI DU THÉ QUAND J'AURAIS RANGÉ.
MAIS JE N'AI PLUS QUE DES SACHETS DU COUP...
FRIC FRAC
CLANG
MAIS NON... TU VAS TE SALIR SI TU RAMASSES À LA MAIN.
CES PAPIERS SONT À JETER, NON ?
OUI
SWOP
SWOP
PAS LA PEINE D'ALLER PRENDRE UN BALAI.
VITE FAIT BIEN FAIT
SWOP
SWOP
AAAH... TU ES RAPIDE...
HN ?
BOBOM
SI JE NE T'AVAIS PAS...
Quoi ? On dirait que mes suçons ont disparu.
C'EST VRAI... ÇA FAIT UN MOIS.
AAAH
TU EN AS DANS LES CHEVEUX, SATOSHI-SAN...

FLAP
SATOSHI-SAN...
MAIS...
C'EST QUOI...
ET-PATATRA
どちゃあ
CET APOCALYPSE ?
AAAH...
ÇA...
WAH
POUAH
LE BOUCHON DE MA BOÎTE DE THÉ NE VOULAIT PAS S'OUVRIR...
ALORS J'AI FORCÉ...
ET « PLAF » ...
VOILÀ.
WAAAAH
FLIP
FLAP
SBAAAM
ステ
J'AI SURSAUTÉ ET JE ME SUIS PRIS LA CHAISE DERRIÈRE MOI...
ET... « FLIP FLAP »... TOUT EST TOMBÉ...

J'aurais jamais cru que je ferais une connerie pareille.
C'EST CARRÉMENT DU VIOL.
Ce qui me trouble, c'est que celui que j'ai malmené fait comme si de rien n'était.
Je suis le seul de nous deux à y penser continuellement. J'en veux encore, comme si j'étais en rut.
Si je ne reste pas mes gardes, c'est sûr, je vais le refaire...
Ça suffit.
Je ne ferai plus le con.
JE SERAI UN ANGE DE PURETÉ !
C'EST DÉCIDÉ !
ガチャ
CLAC

ARCH
BIOCI
TAKURÔ
C'était il y a un mois.
FROSH
J'aimerais pouvoir ouvrir la porte tranquillement comme avant.
JE SUIS COMME ÇA DEPUIS QUE C'EST ARRIVÉ...
FAIT CHIER !

Mes habitudes avec mon petit ami
- Cas n°2 -

CLIC
CLIC
CLIC
CLIC
ROLL
ROLL
ENVOI
STAP
STAP
STAP
KRIII
......
KRIII
STAP
STAP
STAP
!!
QU'EST-CE QUE T'AS, RUMI ?
UN PROBLÈME ?!
Satoshi-san
(pas d'objet)
Tu ne viens pas me donner ma pâtée, aujourd'hui ?
P.S. : Hier, ton expression quand tu as joui était délicieuse ! ;)
MON MAÎTRE ADORÉ ❤
VIENS VITE...
END

CLIC CLIC
CLIC
TAP
HUUM
CHTING
AÏE !
KRIII
OUH LÀ LÀ.
FRRT FRRT
AAAH...
C'EST FOU.
CASH.
VRRRRRRRR
Izumi-k
(pas d'objet)
Désolé d'avoir était trop loin hier. Je peux venir te voir ?

HAA
HAA
HAA
HAA
J'AI VU UN DE TES MOMENTS GÊNANTS, IZUMI-KUN
HU HU HU HU
HAA
FUUUH
C'ÉTAIT... QUOI... CE FINAL ?
HAA
MAIS... TU N'ALLAIS QUAND MÊME PAS JOUIR TOUT SEUL !
HA
QUOI ?
HA
HEIIIN ?
MOI AUSSI, J'AI EU CE QUE JE VOULAIS.
HI HI

POCLOC
BOBOM
VLOOOF
BOBOM
SWIP
FUH...
GN
KH...
HA
HA
AAAAH
HA
HA
SHOUP
AAAH ! C'EST... DIVIN
OUI ! ÇA VA... TOUT AU... FOND !
HIC
HIC
MES HANCHES... BOUGENT TOUTES SEULES !
SHOUP
AAAH !
IZUMI-KUN, F... FAIS QUELQUE CHOSE !
JE VEUX PAS... JOUIR... TOUT SEUL !!
CLAK
CLAK
SÉRIEUX ?!
C'EST VRAI, HEIN ?! OK... J'Y VAIS !
GRAB
SPLIC
FIUT
FIUT
SPLOOOTCH
BEN...
HA
HA
JE VAIS... JOUIR... AUSSI.
BRR
QUE ?
HEIN ?
NON, ATT...
AH !
WAH !
WOUAH !
AH !!
FIUT

OUI
HIC
HIC
AAAH ÇA SE RESSERRE...
ALLEZ, C'EST À TOI.
FAIS CE QUE TU VEUX.
NON, NON ET NON !!
HEIN ?!
MOI, JE VAIS T'OBSERVER.
QUOI ? TU NE DEVAIS PAS TOUT ME MONTRER...
DE A À Z ?
HN ?
BOBOM
ATTENTION, JE SUIS TON MAÎTRE !
BOBOM
DIS-TOI QUE MES GÉMISSEMENTS ET MON VISAGE QUAND JE JOUIRAI SERONT TES PETITES RÉCOMPENSES !
BOBOM
BOBOM
ALLEZ
BOBOM
POUUUH...
SWIP
MONTRE-MOI, SATOSHI-SAN.
SWIP
HIC
HIC
AH...
SMOUUUTCH
AH...
HAA
FRRSSS
OUH
HAA HAA
FRRSSS
OUH
HAOU UUUH
HIC

OK... IZUMI-KUN ?
SLURP
SMOUUUIC
HN...
SHLUP
FRRSSS
OUI...
SMAK
SMAK
HAAAAN
SATOSHI-SAN
HA
ATTENDS DEUX SECONDES ...
HA
ACCROCHE-TOI.
GRIP
AH !
ET...
HOP !
SHPOF
IZ... IZUMI-KUN ?
ALORS...
C'ÉTAIT LÀ, C'EST ÇA ?
ZIOUP
POOC
VOILÀ, C'EST ICI.
KAH
HA...
EFFECTIVEMENT... ÇA FAIT « POC »...
BRRR
BRR
AWA...
C'EST BIEN ÇA, TON « POINT G. » ?
POC
POC
GROLL GROLL

IZUMI-KUN ?
HN...
AH...
OUI...
TU TE SOUVIENS ? TU AS DIT QUE TOUTES MES HONTES...
T'APPARTENAIENT...
HIC
SHPOUH
GH... JE L'AI DIT.
SHTINK
HIC
MAIS MOI, JE NE...
VOULAIS PAS...
AUJOURD'HUI, QUAND J'AI FAILLI ME FAIRE VIOLER ET AVEC LE PERVERS AUSSI...
AH
BRRR
ELLES SONT MINABLES ET MOCHES À VOIR. IL ÉTAIT HORS DE QUESTION QUE TU LES VOIES.
HA
FUUUH...
MAIS... VU OÙ ON EN EST, JE VAIS TOUT TE MONTRER DE A À Z...
FUUUH...
PROMETS-MOI QUE TU NE TE DÉGOÛTERAS PAS DE MOI, MÊME QUAND TU AURAS VU LE PIRE.
FUUUH...
TU SAIS BIEN QUE JE MOURRAIS SI TU NE T'OCCUPAIS PAS DE MOI !

IZUMI-KUN
OU...
OUI ?!
GN
AH
WAH ! ÇA SE... RES-SERRE ...
AH ! AH...
BRRR
AH
BOBOM
OUI, LÀ !
PLUS PAR ICI.
WAH !
VERS L'AVANT.
POC...
AH !!
FIUT
WOUAH WOUAH
BOBOM
LÀ... COMME ÇA
WOUAAH !
FIUUUUUT
LÀ, C'EST MON...
FUUUH
BOBOM
BOBOM
POINT G.
QUE ?
FAUT CROIRE...
T'ES PAS SÛR ?
WOUAH HA
BEN, JE VIENS DE LE DÉCOUVRIR.

FRRSSS
AH
HIC
FRRSSS
HA...
HIC
SHLOUPOUPOUP
HA
HA
HA...
IL EST... HYPER FIN...
SATO... SHI...
ZIOUUUUP
S...
SAN....
OUAA AAH ?!
GRAB

ALLEZ
HAAA
JE T'EN PRIE, PARLE-MOI.
HAAA
は
FUH ?
MÊME SI C'EST GÊNANT, TU DOIS TOUT ME DIRE.
JE SUPPORTE PAS QUE TU GARDES TOUT POUR TOI.
C'EST COMME ÇA.
FIUT
AH
SATOSHI-SAN...
SWIP
AH
SWIP
AH
S'IL TE PLAÎT...
SHOUP
SHOUP
SHOUP
SWIP
SWIP
FRRT
D'AC... CORD, IZUMI-KUN...
J'AI COMPRIS...
HA...
TU PEUX...
ME PRENDRE PAR DE-VANT ?
HA... は...

PAR-DON...
SI JE TE BRISE.
PAM
PAM
HN
HAN !
PAF
PAF
HAA
HAA
HN ! HN ! JE...
J'EN... PEUX PLUS ! WAH !
PAF
HAA
AAAH !!
GH...
FIUT
HN... ÇA A FAIT « FIUT » LÀ.
TU AIMES ?
FIUT
AOUH !
HÉ, ÇA LE FAIT ENCORE ...
SWOP
SWOP
AAA OUH...
ÇA TE PLAÎT ? OU PAS ? T'ES ENCORE GÊNÉ ?
SWOP
AH ! AAAH AAAH...
SWITCH
SMOTCH...
ÇA COULE DE L'INTÉRIEUR JUSQUE SUR TES CUISSES...
SWITCH
PLIC
PLIC
HI
HIC
C'EST QUE... JE SUIS DÉJÀ PLEIN...
TU ÉJACULES TROP... Y A PLUS DE PLACE...
HIC
C'EST PAS FINI. JE VAIS TE REMPLIR.
HA...
TU VEUX PAS ?
CROC
HIC
HA...

GAH
HIC
HIC
HA
AGAH
HIC
BOBOOOM
HAAA
TU ES...
CRUEL...
HAAA
GNIP
JE SUIS...
D'ACCORD.
HA...
IZUMI... KUN...
HA...
BOM
BOM
MAIS... AAAH FAIT CHIER.
C'EST MORT.
JE PEUX PLUS M'ARRÊTER.
JE SUIS...
BOM
VRAIMENT... IGNOBLE.
BOM
DÉSOLÉ, SATOSHI-SAN.
IZUMI... KUN ?

TU VOIS... EN ENTENDANT LES GENS DIRENT QUE J'ÉTAIS TON MAÎTRE, J'AI FINI PAR M'Y CROIRE.
M'OCCUPER DE TOI COMME ÇA, ÇA ME SUFFIT PAS.
CLAK
JE VEUX PAS...
DE ÇA...
CROC
CLAK
HEIN ?
TU DIS NON ?
ALORS POURQUOI TU BANDES ?
HIC
SPLIIISH
C'EST QUOI, CE TRUC TOUT GLUANT ?
HIC
BOBOM
TOUT TON CORPS FRÉMIT EN SE REFERMANT SUR MES DOIGTS.
BOBOM
JE
VAIS
JOUIR !
BOBOM
GRISH
SPLOSH
SPLOSH
SHUP
TU ENTENDS LE BRUIT QUE ÇA FAIT ? C'EST HYPER EXCITANT !
SHUP
SHUP
FUH FUH
NE TE RETIENS PAS, SATOSHI-SAN.
JE VAIS TE REGARDER JUSQU'AU BOUT.
VEUX... PAS...
BRRR
BRRR
POC
POC
ALLEZ, VAS-Y !
AH ! AH ! AH... HI... AH ! NON !
AH HI !
POC
JOUIS !

GRRR
DEPUIS TOUT À L'HEURE…
GOUH
SPOUSH
GAAAH
AH… AH…
T'ARRÊTES PAS… DE RÉPÉTER LA MÊME CHOSE !!
CLAK CLAK
JE BLAGUE…
WOUAH… TES… DOIGTS…
GROLL GROLL
SHUP
HI
ÇA VEUT DIRE QUOI « UN PEU » ?!
GRISH
ÇA VEUT DIRE QU'ON T'A DÉJÀ TRITURÉ L'INTÉRIEUR COMME ÇA ?!
SHUP
ENLÈV…
SHUP
AR… GH…
N… NON… PAS ÇA…
GRIK
MÊME PAS… UN TOUT PETIT PEU !
GRIK
STOP !
SHUP
J'ESPÈRE BIEN !!
JE SUPPORTERAIS PAS QU'UN AUTRE TE CONNAISSE DE L'INTÉRIEUR !!

FRRSSS
AH...
ET MAINTENANT...
ICI
SMOTCH
SMOUIC
GLOUPS
HI !
AH...
ALORS, TU T'ES DÉJÀ FAIT CHATOUILLER LÀ ?
AH...
ATTENTION, SI TU RÉPONDS PAS, JE TE LES METS DIRECT.
NON...
POC
POC
POC
HIC
GN...
DIS-LE, ALORS. ÇA VA RENTRER !
SPOUTCH
GHA...
C'EST DEDANS... JE VAIS PARLER !!
ALLEZ !!
FRRSS
UN PEU... DANS LE TRAIN...
JUSTE UN PETIT PEU !!
WOUAH
SPOUROUPOUTCH

ON... NE M'A PAS TOUCHÉ...
GRRR
OU JUSTE UN PEU...
ALORS ARR...
HUUM...
GATCHAK
QUE ?
TCHAK
TCHAK
WOUAH !
ATT...
ZIIIP
SWIP
ARRÊTE...
ATTENDS !
CLANG
NON, STOP... ARR...
SWOP
IZUMI-KUN !!
GRIIP
HEIN ?!

GN
C'EST ...
PAS DRÔLE...
TOUS CES TRUCS, LÀ...
JE VAIS LES EFFACER AVEC LES MIENS !
WOU... AH ! A...
SUCK
SUCK
ME... MORS... PAS !
CLONG
AÏE !
SUCK
CLANG
CROC
IZUMI-KUN, JE TE DIS
QUE ÇA FAIT MAL !
ET LÀ ?
SATOSHI-SAN...
POURQUOI TON CORPS RÉAGIT SI BIEN ? TU T'ES FAIT TRIPOTER ?
HIC
COUIC
SLURP
AH...
NON, ARR...
ON M'A... PAS TOUCHÉ...
HIC
DIS-LE-MOI DANS LES YEUX. C'EST PAS GENTIL DE MENTIR.
SWIP
SWIP

QUOI ?
IZU...
QUE JE TE LAISSE ?
SHBAM
HUM
HUUM !
SLUUURP
ぬる…
SMOUIC
キ…ろ…
HN...
AH... FUH
ぬち ぬち
SMOSH
SMOSH
TU VOIS PAS QUE TU ME RENDS DINGUE ?! C'EST DE LA FOLIE, JE BOUS DE L'INTÉRIEUR.
HA... は…
HA
HAA
PFUU
MOI, JE M'EN FOUS, DE TA PUDEUR À DEUX BALLES ! JE VAIS T'EXTIRPER DE FORCE TOUTES TES HONTES ! ELLES SERONT INTÉGRALEMENT À MOI.
は… HA...

ガッ ガッ
FRISH
FROSH
PFF
VU LE TABLEAU, J'IMAGINE QUE C'EST VRAI AUSSI POUR LE PERVERS.
COMMENT TU SAIS...
AH
EN FAIT...
OUPS
C'EST POUR ÇA QUE TU DORS SOUVENT ICI EN CE MOMENT ?
C'EST PARCE QUE TU TE FAIS TRIPOTER PAR DES MECS QUE TU CONNAIS PAS DÈS LE MATIN ?
ÇA A DÛ T'ARRIVER PLUS D'UNE FOIS, AVOUE !
HN...
BEN...
RÉPONDS-MOI, SATOSHI-SAN.
OUI...
FROSH
ÉCOUTE...
IZUMI-KUN...
IL Y A QUAND MÊME... CERTAINES CHOSES DONT J'AI HONTE...
J'IMAGINE... QUE TU TE FAIS DU SOUCI POUR MOI... MAIS...
CE QUE TU VIENS DE VOIR. C'EST DÉJÀ BEAUCOUP TROP GÊNANT... C'EST... TROP POUR MOI...
LAISSE TOMBER, S'IL TE PLAÎT.

CLIC
CLAC
SPOF
IZUMI-KUN ?
ÇA ME FAIT PAS RIRE.
TU FAISAIS QUOI À MOITIÉ NU ? TU AS FAILLI TE FAIRE BAISER, DIS-LE !
HA HA...
TU EXAGÈRES ...
VOYONS...
SBAM
ÇA N'ARRIVERAIT PAS SI TU ÉTAIS UN MINIMUM SUR LA DÉFENSIVE !
IL T'A MÊME LAISSÉ DES SUÇONS...
TE FOUS PAS DE MA GUEULE !

HA HA ! ÇA NE ME VA PAS, HEIN ?
JE CROIS QUE POUR LES VÊTEMENTS AUSSI... IL VAUT MIEUX TROUVER CHAUSSURE À SON PIED...
QUE ?
.....
ÇA, LÀ...
GRAB
ARCHIVES
SBAM

Un vieux dragueur, « Anjô ». Il vaut mieux s'en méfier.
.....
N...
CLAC
GRIP
NON, C'EST BON, LAISSE !!
QU'EST-CE QUI EST BON ? POUSSE-TOI.
AH HA...
JE... CROIS QUE... JE NE PEUX PAS FAIRE ÇA.
SWIIP
ET SI TU TE DEMANDES POURQUOI JE SUIS À MOITIÉ DÉVÊTU... EUUUH...
C'EST... C'EST POUR ÊTRE À LA MODE. TU CONNAIS LE STYLE UN PEU DÉBRAILLÉ ? MAIS BON, J'AI PEUT-ÊTRE UN PEU EXAGÉRÉ LÀ.

SWIP...
HEIN ?
CLING
AH...
BLUUUSH
SBAH
......
TAKAO ANJÔ
CLING

HIRASAKA
GRRRR
TU ES FLIPPANT !
EXCUSE-MOI, HIRASAKA-KUN…
TU POURRAIS RAMENER ÇA AUX ARCHIVES ?
BUREAU DE RECHERCHES SUR L'HABITAT.
SÉRIEUX… UN PERVERS ?!
CLING
CLING
CLING
FAUDRA QUE JE VÉRIFIE ÇA.
CLAC
EXCUSEZ-MOI…

ON PEUT DIRE CE QU'ON VEUT, ONOCCHI RESTE UN HOMME.
IL AURAIT MOINS DE PROBLÈME S'IL N'ATTIRAIT PAS AUTANT L'ATTENTION...
MAIS JE PEUX COMPRENDRE, AUSSI.
ONOCCHI, IL A L'AIR TELLEMENT INOFFENSIF. ENFIN... DISONS FACILE À SURPRENDRE, QUOI. TU VOIS CE QUE JE VEUX DIRE...
ET COMME JE SUIS UNE FEMME, JE N'AI PAS VOULU ÊTRE TROP INDISCRÈTE LÀ-DESSUS EN LE QUESTIONNANT.
MANGE ÇA...
MERCI
?
DU COUP, JE LUI AI DONNÉ UN BONBON.
BREF
JE ME SUIS DIT QUE JE DEVAIS FAIRE UN RAPPORT À SON MAÎTRE, C'EST TOUT.
MERCI
TU VOIS LE PROF CONSULTANT QUI VIENT D'ARRIVER ? UN VIEUX DRAGUEUR, « ANJÔ ».
IL VAUT MIEUX S'EN MÉFIER. IL PARAÎT QU'IL A LES MAINS BALADEUSES.
GLOUPS
MAIS !

HÉ, HIRASAKA
J'AI VU QUELQUE CHOSE D'AFFREUX...
L'AUTRE MATIN À L'HEURE DE POINTE.
ONOCCHI SE FAISAIT TRIPOTER PAR UN PERVERS.
HEIN ?
ENFIN... J'ÉTAIS LOIN, JE NE SUIS PAS SÛRE.
MAIS...
QUAND MÊME...
ILS ÉTAIENT SI PROCHES QUE C'ÉTAIT CLAIREMENT BIZARRE.
OU C'EST PEUT-ÊTRE PARCE QUE C'ÉTAIT LE CAS CLASSIQUE DU MEC QUI TE COLLE CONTRE LA PORTE POUR NE PAS QUE TU T'ENFUIES.
ÇA M'INTRIGUAIT, ET QUAND JE LUI AI PARLÉ À LA GARE...
SALUT.
IL AVAIT L'AIR TROP DÉGOÛTÉ...

YO, LE MAÎTRE À SON TOUTOU ! T'AS DONNÉ SA PÂTÉE À ONOCCHI ?
SATOSHI-SAN N'EST PAS UN CHIEN !!
MÊME LES AUTRES M'APPELLENT COMME ÇA, MAINTENANT.
ET CE SURNOM, C'EST BIEN VOUS, NISHIJIMA-SENSEI QUI L'AVEZ LANCÉ ?
J'AI RIEN POUR VOUS. DÉBROUILLEZ-VOUS TOUT SEUL.
HA HA HA
SATOSHI-SAN, LUI, S'IL NE M'AVAIT PAS, IL MOURRAIT.
EN TOUT CAS L'ANNÉE PROCHAINE, T'AS INTÉRÊT À RÉUSSIR L'EXAM D'ENTRÉE EN DOCTORAT...
M'EN FOUS !
PARCE QUE T'AURAS L'ENTIÈRE RESPONSABILITÉ DE CE BOURRICOT QUI N'EST BON QU'À ÉTUDIER.
SOYONS ENSEMBLE POUR LA VIE.
WAF WAF
PRIÈRE.
MON MAÎTRE ADORÉ.
PAS BESOIN...
DE DEMANDER.

SATOSHI-SAN, EN CE MOMENT, TU DORS BEAUCOUP AU BUREAU, NON ?
TU DEVRAIS RENTRER CHEZ TOI ET TE REPOSER COMME IL FAUT.
O...
OUI
MAIS J'AIME PAS LE TRAIN À L'HEURE DE POINTE.
JE COMPRENDS MAIS BON...
CLAC
YO, LES GARS !!
ONOZUKA ! T'AS MES DONNÉES ?
OH ?
C'EST L'HEURE DE LA PÂTÉE ?
OUI, J'AI TOUT.
BONJOUR, MONSIEUR.
HÉ, LE MAÎTRE À SON TOUTOU !
MA PART, ELLE EST OÙ ?

TU ES GENTIL, IZUMI-KUN.
TU DOIS PLAIRE.
vite fait bien fait
EN GÉNÉRAL, LES GENS TE TRAITENT DE LOURDAUD QUAND TU EN FAIS AUTANT.
TU PENSES ?
NICKEL
ÇA ME PLAÎT BIEN, À MOI.
AH...
OUI ?
HUM
JE SUIS CONTENT.
ALLEZ, MANGEONS
FRSSH
TES CHEVEUX ONT POUSSÉ.
TU VEUX QUE JE TE LES ATTACHE ?
SOMMEIL SOMMEIL
HUM... AAAH... J'AIME BIEN QUAND TU FAIS ÇA, ÇA M'ENDORT...
frrt
frrt
VA T'ALLONGER.
HUM

ENCORE UNE NUIT BLANCHE ? TIENS, SERS-TOI.
À MANGER ? WOUAH MERCI !
C'EST MOI QUI INVITE CE MIDI !
JE DEVAIS RÉUNIR POUR AUJOURD'HUI DES CAS D'INITIATIVES POLITIQUES CONTRE LE CRASH DÉMOGRAPHIQUE SUR LES CINQ DERNIÈRES ANNÉES...
ET IL A MÊME AJOUTÉ EN RIANT QUE LES ÉTUDIANTS CHERCHEURS ÉTAIENT SES BOURRICOTS.
C'EST UN VRAI DÉMON... JE SUIS BIEN CONTENT DE NE PAS SUIVRE SON SÉMINAIRE.
KRIII
MAIS FAIS-MOI LE PLAISIR DE MANGER UN PEU.
TU N'ES DÉJÀ PAS BIEN GROS MAIS LÀ, TU VAS FINIR PAR DISPARAÎTRE !
ÇA ME SORT DE LA TÊTE...
C'EST PARCE QUE TU PRENDS SOIN DE MOI COMME ÇA QUE J'ARRIVE À GARDER UNE VIE ÉQUILIBRÉE.
SCRATCH
GN... AAAH ! L'ALGUE, ELLE...
DONNE-MOI ÇA.
TU POURRAIS AU MOINS APPRENDRE À OUVRIR CORRECTEMENT LES EMBALLAGES D'ONIGIRI.
Raaah
CRAC

IVER
ARCHITECTURE
BIOCLIMATIQU
TAKURÔ NISHIJIMA
CLAC
SATOSHI-SAAAN ?
MAIS... WOUAH !
LES CERNES DE OUF !
BONJOUR
HA HA...
SALUT
PF
TU ARRIVES TÔT, IZUMI-KUN.
OUAH

Mes
habitudes avec
mon petit ami
- Cas n°1 -

SOMMAIRE

Toshishita kareshi no renai kanri heki
Hashigo Sakurabi

Mes Habitudes avec mon petit-ami

Toshishita kareshi no renai kanri heki

Hana COLLECTION

Hashigo
Sakurabi
présente